소설 보다: 봄 2024

펴낸날 2024년 3월 14일

지은이 김채원 이선진 이연지
펴낸이 이광호
주간 이근혜
편집 이주이 방원경 김필균 허단 윤소진 유하은
마케팅 이가은 최지애 허황 남미리 맹정현
제작 강병석
펴낸곳 ㈜문학과지성사
등록번호 제1993-000098호
주소 04034 서울 마포구 잔다리로7길 18(서교동 377-20)
전화 02) 338-7224
팩스 02) 323-4180(편집) 02) 338-7221(영업)
대표메일 moonji@moonji.com
저작권 문의 copyright@moonji.com
홈페이지 www.moonji.com

소 설 보 다

봄

2024

차례

럭키 클로버

김채원

2022년 『경향신문』 신춘문예를 통해
작품 활동을 시작했다.

여름이 시작되었을 때 자영이 가장 먼저 한 일은 홀에서 자두 농장에 대해 떠드는 것이었다. 홀은 좁았고 템파레이의 음악이 들렸고 술기운에 알딸딸한 사람들은 춤을 추었다. 자영이 혼자 분주하게 이야기하고 있는 자두 농장이란 그저 허허벌판, 장마철이 되면 비냄새와 농약 냄새에 이끌려 달려온 정신이 요상한 아이들이 허어, 하고 멍하게 양손을 들고 흔들며 노는 곳이었다.

하지만 그렇다고 해서(온갖 냄새가 뒤섞여 있고 열매가 잘 여물지도 않고 병자들의 은신처라고 해서) 자영의 자두 농장이 크게 나쁘다고만 할 수는 없었다. 농장은 비록 적은 양이었어도 해마다 열매를 보았고, 삽으로 팬 구덩이가 많아 곳곳에 맑은 물이 고일 수도 있었으며, 어떤 동물이라도 즐겁게 달릴 수 있을 만큼 드넓고 넉넉했다.

내가 계속 농장을 돌보고 있었어.

자영이 말했다.

탄 맛이 나는 계피 막대를 씹으며 자영의 말을 듣고 있던 자영의 동료들이 고개를 끄덕였다. 그래. 그랬지. 네가 계속 그 농장을 돌보고 있었지.

자영은 동료들의 대답이 마음에 들었고 동료들도 그랬다. 이들은 모두 농부였고, 지금처럼 가끔 약속을

럭키 클로버

잡아 같은 장소에서 메뉴가 다른 음식을 주문해 나누어 먹었다. 무언가를 입안 가득 집어넣은 채로 한낮에 만나는 경우에는 한쪽 방향으로 이동하고 머무는 자연의 햇빛을, 저녁에 만나는 경우에는 실내 한편에 납작하게 고여 있는 네온사인 불빛을 구경하곤 했다.

오전 6시였다. 날이 밝아오고 있었다. 주말이 되려면 아직 멀었다. 밤새 홀에 모여 있던 사람들은 이제 집으로 돌아가 세수를 하고 속을 조금 게워낸 뒤 출근을 준비할 것이었다. 홀의 주인은 모든 사람을 배웅해주었다.

조심히 들어가세요. 내일은 가게 휴무입니다. 냉수기가 고칠 수도 없이 굳어버렸어요.

사람들은 주인의 사정을 이해했다.

자영은 이처럼 기계가 완전히 고장 나 가게가 영업하지 못하는 날이 있듯이 자신의 농장도 그럴 수 있을지 생각해보았다. 농장에는 천장에서부터 길게 내릴 수 있는 커튼도 셔터도 없는데…… 무엇보다 자영이 생각하기에 자신의 자두 농장은 고칠 수도 없이 완전히 고장 나는 법이 없었다.

튼튼한 농장. 튼튼한 나의 자두 농장.

자영은 쓸쓸하게 웃었다.

쓸쓸하게 웃는 법: 쓸쓸하게 웃는다.

자영은 집으로 돌아와 노트에 글씨를 적었다. 첫 줄에는 아무거나 떠오르는 것을 먼저 적었고(쓸쓸하게 웃는 법: 쓸쓸하게 웃는다), 그 아래에 해야 할 일을 이어 적는 방식이었다(포대 치우기, 잡초 뽑기, 창문 열기, 새 구경, 돈 벌기). 올여름에 자영은 농장에서 자두 따기 체험 행사를 열어 돈을 벌어볼 요량이었다. 번성한 자두 농장의 수확량이라고 한다면 나무 한 그루에서 약 스무 박스가량의 자두를 수확할 수도 있겠지만 번성하지 않은 자영의 자두 농장이라고 한다면 나무 한 그루에서 그것도 작은 박스로 네 박스에서 다섯 박스가 고작일 것이었고(자영이 그렇게 예상했다), 그것도 많다면 많았다.

그치만 그 정도여도 되잖아.

자영이 말했다.

자영의 말이 맞았다. 그 정도여도 되었다.

자영은 고개를 돌려 창밖을 보았다. 거실의 유리 통창 너머로 저 멀리 솟은 교회 탑과 산등성이와 자두 농장이 보였다. 자영이 살고 있는 집은 농장이 훤히 내다보이는 위치에 있었다. 흙과 돌을 쌓아 올려 지반을 높인 곳에 세운 조립식 주택이었다. 여름에는 더웠고 겨울에는 추웠다. 거위나 산양 떼, 노루와 같은 야생동물들의 침입이 없지 않아 현관에 엽총을 세워두어야 했다. 실제로 동물을 쏘아 죽인 적은 없었고 그럴 생각도 없었다. 다만 겁을 주기 위해서였다. 뭐야. 저리 가. 멀리 가. 그쪽은 내 농장이야, 망가뜨리지 마……

정말로 무언가를 쏘려고 마음먹었을 때 자영은 총의 반동에 밀려 뒤로 세게 넘어졌을 뿐이었다. 총소리에 귀가 얼얼했고, 사방으로 날리는 화약 가루에 눈과 코가 매워 엉엉 울면서도 와하하하, 어쩐지 신이 났었다.

자영이 그때 무엇을 쏘려고 했는지 헤아려보자면 대강 보이는 희뿌연 안개, 아니면 밤. 왜 그것을 쏘려고 했는지 이유를 헤아려보자면 더 큰 어둠을 대비하고자 했거나 아니면 무서워서?

그런 것은 자영도 잘 몰랐다.

자영은 농장 일을 하기 위해 장화를 신고 농장에 나왔다. 구름의 모양과 풀잎에 맺힌 아침 이슬을 관찰하여 바람의 세기를 가늠해보았다. 바람이 적당했다. 하늘이 맑고 공기가 깨끗했다. 별다른 이변이 없다면 오늘 하루 동안 날씨가 줄곧 좋을 것이었다. 자영은 햇볕이 더 뜨거워지기 전에 잡초를 뽑고 땅을 다지기로 마음먹었다. 자두나무 아래, 그늘진 자리마다 잡초가 무성하게 자라 있었다. 잡초를 정리하지 않으면 나무에게 가야 할 부드러운 흙의 자양분이 모조리 잡초에게 간다고 자영은 배웠다. 잡초에 양분을 빼앗긴 나무는 시들시들해져 꽃도 피우지 않고 열매도 맺지 않는다고.

농사가 망하는 거야. 열매가 열려도 다 같은 열매가 아니란다. 모양이 미운 건 뚝뚝 따서 버려야 건강한 농장을 돌보는 건강한 농부가 될 수 있지.

언젠가 자영의 엄마는 말했다. 자영의 자두 농장은 자영의 엄마가 물려준 것이었다. 자영의 엄마는 자영에게 자두나무가 여럿 심긴 농장을 물려주고 떠났다. 어디로 갔는지, 변덕을 부려 다른 이의 농장을 대신 돌봐주고 있는 것은 아닌지 아니면 남몰래 손목을 깨물어 죽어버리기라도 했는지 알 수는 없었지만 자영은 종종 엄마가 어디서 무얼 하고 있을지 상상해보았다. 상상 속에서 엄마는 손가락에 물을 묻혀 성호를 긋기도 했고, 말없이 조용하거나 엉망으로 취해 있기도 했다. 그러다 보면 눈이 펑펑 쏟아지는 어느 겨울날까지 나아가, 내내 소식이 없던 엄마가 눈 온다, 하고 말하며 정면으로 걸어오는 장면에 사로잡힐 때도 있었다. 희고 둥근 눈송이들. 호렴. 억새잎 모양의 눈썹. 폐를 가득 부풀게 하는 숨과 구유 장식, 부엉이 울음소리. 아가야, 저기를 아직도 저렇게 놔두면 안 되지. 시간이 제법 지났는데. 까맣고 보기에도 나쁘잖아.

　　　　　　　　　　　　　　럭키 클로버

자영은 보폭을 크게 하여 농장을 한 바퀴 돌았다. 엄마의 말처럼 저기에, 한겨울에 가지치기를 해둔 나뭇가지 더미가 마치 봉분처럼 새까맣게 쌓여 있었다.

괜찮은데……

자영은 중얼거렸다. 뭐가 나빠?

자영은 빈 포대를 돌돌 말아 발로 밀었다. 작은 삽을 손에 쥐고 잡초를 뽑았다. 땅을 다졌다. 이와 같은 움직임을 반복하여 계획한 잡초 뽑기를 무사히 끝냈다. 어느덧 정오에 가까웠다. 헛간 창문을 열었다. 터진 문간에 기대앉아 새 구경을 했다. 새의 種을 궁금해하지는 않았다. 땅에 떨어진 자두를 한 개 주워 동강 냈다. 동강 낸 자두 반쪽을 새에게 주었다. 새는 농장 땅을 밟으며 도랑 가까이 돌아다니기만 했다. 여기 새 하나. 인간 하나. 자영은 앉은 자리에서 잠깐 졸다가 두어 차례 발을 굴렀다. 발소리에 놀란 새가 동쪽으로 멀리 날아갔고 나는 안 따라가. 여기에 있어, 나는 그냥 손이 너무 끈적거려서…… 새의 발자국을 가볍게 지워낼 듯 미지근한 바람이 불어오자, 농장을 둘러싼 가시덤불 울타리 너머로 여덟 명의 클로버 병정들이 줄지어 나타났다.

희고 눈부신 모습이었다.

햇빛 때문에 어지러웠다.

또 왔구나, 하고 생각하기 전에 자영은 모른 척 누구냐고 물어보고 싶었다. 그러면 여덟 명의 클로버 병정들이 우리는 자영이의 친구인데요, 하고 대답할 거야.

그러면 무엇이든 처음인 것처럼 새롭게 시작할 수 있을 거야. 자영이 친구들이라고? 반가워. 내 친구들이구나. 내가 자영이야. 나는 농장을 돌보며 지내. 봐봐, 이 땅이 다 내 거야. 신기해하기도 하고 겁내기도 하면서 서로 인사를 나눌 거야. 처음이니까. 익숙하지 않을 거야. 그게 처음이라는 거잖아. 잘 모르는 거. 지겹지 않은 거. 배신하기도 쉬운 거. 하지만 가능하지 않을 거야. 실은 나는 새로운 것을 별로 좋아하지도 않고, 내 정신이면 몰라도, 이렇게 사는 게 몸에 배어 있으니까. 내가 너희를 알고 있고 너희가 나를 알고 있으니까. 그래도 잘은 모를 거야? 나는 되는 대로 매일 눈을 감을 거고 잠들 거고 깨어날 거야. 여름풀에 팔다리가 온통 베어지고, 토양의 일부분이 살아 움직이는 생기 있는 꿈을 꿀 거야. 자영은 평소와 같이 이런저런 생각을 멈추기가 어려워져 또 왔구나, 하고 마침표를 찍듯이 서둘러 생각해버렸다.

또 왔구나.

그러고 나서 방금까지 떠올렸던 이런저런 생각들로는 되돌아가지 않았다. 그야 그래야 했으니까. 그래서 그렇게 했다.

여덟 명의 클로버 병정들은 몸집이 작고 통통한 파수 병정들이었다. 자영의 무릎 정도까지 오는 크기였지만 자영의 외양과 거의 같았다. 누군가 양쪽을 번갈아 베어 먹은 듯한 잎새 모양의 머리통과 식물처럼 보이는 피부는 그 생김새가 달라 눈에 띄었다. 벌목된 나무 밑동 아래서 자영이 처음 그들을 발견했을 때 그들은 지금처럼 걷거나 뛰지 못했고, 나뭇가지로 된 총대를 메고 있지도 않았고, 마치 한 닢의 잎사귀처럼 순하고 납작한 모습이었다. 그들은 나비 모양의 흰 꽃이 피고 진 자리에서 동시에, 한 다발로 태어났다.

한 다발로 태어난 여덟 명의 클로버 친구들이 나름의 대열을 만들어 걷다가 뛰다가 모였다가 흩어졌다가 하며 무방비하게 다가오고 있었다.

아홉 명은 너무 많고 열 명은 너무 적어 그러면 여덟 명은? 여덟 명은 충분하지 아니야 것도 조금 모자라지 첫째가 맨 앞에 서는 걸로 해볼까나 선두에 말이야 좋아, 첫째가 어디 있어? 첫째야 저기 가서 가슴 펴고 당당하게 서봐라 사진 찍어줄게 말투 뭐야 실례잖아 지금 노래를 불러도 되려나 아이 안 돼 나 기분 나빠져…… 너희 방금 누굴 첫째라고 부른 거냐고? 그야 나

지 나야 바로 나 자신. 그들은 모두 첫째가 되고 싶어
했는데, 당연하게도 누가 첫째인지는 아무도 몰랐다.

왼발, 왼발, 왼발, 둥근 원을 그려보자 전진 금지 제
자리에 서!

그들이 농장 한가운데로 가로질러 들어와 제식훈련
을 위해 두 발을 움직일 때마다 대열의 질서가 도리어
흐트러졌다.

이래가지고 전투에 나가면 우린 다 죽겠다.

저번에 누가 이런 말을 하는 걸 책에서 읽었어. "죽
고 말고요."

죽어도 산 것처럼 굴 수 있을 거야.

죽기는 한다는 거잖아. 온갖 고통을 겪게 될 거야.
무서워.

너는 어때?

왜 물어봐? 무서워. 무서워.

그게 다야? 그 표정은 뭐야?

자영은 병정들에게 언어를 가르쳐준 것을 종종 후
회하곤 했는데 지금이 그랬다.

조용히 좀 해. 시끄럽게 굴면 쫓아낼 거야.

자영의 말을 들은 병정들이 얌전히 입을 다물었다.
그리고 웃었다. 병정들의 작은 웃음소리 사이로 숲에
서 불어오는 바람 소리와 골짜기 아래 네 갈래로 흐르

　　　　　　　　　　　　럭키 클로버

는 물줄기 소리가 이어졌다. 자영은 병정들을 노려보았다. 이마에서 흐른 땀이 눈에 들어가 따끔거렸다. 병정들은 불어오는 바람에 흔들흔들 즐거워하며 날아가지 않기 위해 바지 주머니에 돌을 주워 담고 있었다. 그렇지만 자영아,

병정들이 다시 입을 열었다. 너는 우리를 못 쫓아내.

그래, 구름이 빠르게 흘러 태양을 비껴갔다…… 병정들의 열린 눈동자가 햇빛을 받아 아무렇게나 빛났고, 아름다웠다.

나도 알아, 중얼거리는 자영의 대답과 대답을 듣지 못한 병정들의 도톰한 귓바퀴, 솜털, 여덟 개의 머리꼭지. 사냥용 올무. 풍선 끈. 당근 조각. 새덫. 방공호. 마른 우물. 건너편 포도밭의 열매 송이들. 천사들. 모든 것이 대낮의 뙤약볕에 또렷하게 잠겨 있었다. 여덟 명의 클로버 병정들이 흙먼지를 일으키며 터벅터벅 땅 위를 걸어다니기 시작했다. 볕이 드는 자리에서 볕이 드는 자리로, 타르처럼 끈끈한 그림자를 나무 그늘에 빼앗기지도 않고서 생생하게.

자영에게는 지금 이 모든 것이 견딜 만했다. 그렇게 밖에 생각이 안 들었다. 그리고 그것이 자영에게, 무언가 충분하지 못하다는 느낌을 주었다.

상황을 나쁘게 만들어볼까. 자영은 생각했다. 나쁘

게. 해롭게. 견딜 만하지 못하게.

그치만 어떻게 해야?

자영은 스스로 물어보았다. 그러나 스스로도 알고 있듯이, 자영의 시야가 이미 이 상황에 길들여져 어느 것도 나빠질 만한 게 없었다. 자영의 질문은 잠깐 자영을 기다렸다가 더는 이어지지 않고 곧 그쳤다.

아니야, 방법이 있을 거야.

자영이 아무 말 하지 않았는데도 병정들이 다가와 대꾸했다. 방법이 있을 거야, 자영아. 너를 위한 방법이.

나를 위한 방법이.

자영은 아이일 때 마을 교회에서 주최하는 여름 성경 학교에 가는 것을 좋아했다. 성경에 순서라는 게 있어 그 순서를 배운다는 것이 좋았고, 아침 체조를 하기 전에 마시는 오렌지주스의 맛이 좋았다. 한밤중에 다 같이 이불을 깔고 누워 누군가에게 일어난 좋은 일과 나쁜 일을 엿들을 수 있다는 것은 물론이요 그것을 엿들으며 자신에게 앞으로 일어날 좋은 일과 나쁜 일은 무엇이 있을지 헤아려볼 수 있다는 것도 좋았다. 자영은 신을 믿었고, 신이 교회에 있다고 전해 들어 교회에 다녔지만, 하나님이라는 존재를 떠올릴 때면 어째서인지 왜 너 혼자야? 생각하게 되곤 했다. 자영에게 신은 서너 명이었다. 한 명이 아니고 서너 명. 어쩌면 신은 서너 개의 기분 같은 것일 수도 있었다.

그래서인지 시간이 흘러 여름 성경 학교에 참가한 중등부 아이들에게 숭고에 대해 알려줄 때에도, 자영은 하나님의 숭고한 희생에 관한 이야기에서부터 시작하여 복음에 이르는 이미 정해둔, 짧고 단순한 말씀을 전하라는 요구를 앞서 받았음에도 불구하고 맞다 그 이야기를 먼저 해야 했는데 내가 까먹어서 하질 못했고 그 대신 숭고라는 단어에 대해서만 계속 이야기했다. 숭고란 뜻이 높고 고상한 것. 절대적 가치를 지니고 있어 인간으로 하여금 우러러보고 본받아 따르고자 하게 만드는 것. 어떠한 상황에서도 손쉬운 죽음이 아닌 그럼에도 삶으로 향하는 인간의 의지적인 모습을 가리킨다고도 볼 수 있지. 여기서 그렇다고들 하더라. 나도 동의해. 그치만 뜻이 천하고 고결한 것, 좋으면서도 나쁜 것, 살 만한 가치가 있다고 생각하지 않음에도 내내 사는 것, 이런 것들을 절대라는 개념에 놓고 보자면 어느 쪽이며 내가 너희에게 무얼 전할 수 있겠니? 그렇게는 안 되지. 더구나 인간은 손쉽게 죽는다고 할 수도 없고 꽤 어렵게 죽잖냐. 애들아, 그럼 숭고라는 게 뭐겠니 뭐가 뭔지 알 수 있겠니?

알 수 있을걸요.

어떻게?

알 수 있을 거라고 했으니까요.

누가? 하나님이?

아뇨. 엄마 아빠가요.

그런 대화가 오갈 때쯤 어디선가 골프공이 날아와 창문을 깼다. 누군가 창문을 깼기 때문에 창문이 깨어졌으며, 다친 사람은 없이 중간중간 혼란스러운 와중에 피아노 건반 소리가 들려왔던 것을 자영은 기억했다. 평범한 호두나무로 만들어졌고, 오른쪽 댐퍼 페달에 조그맣게 '씨발놈들'이라고 적혀 있는 오래된 콘솔형 피아노였다. 자영의 기억 속에 마련된 한 장소에 깨진 창문과 유리 조각, 조그만 씨발놈들, 피아노 건반 소리, 그리고 그해 여름 성경 학교의 슬로건을 새겨 넣은 현수막이 함께 자리하고 있었다. 깨진 창문의 창틀 너머로 현수막이 바람을 받아 온화하게 나부끼고 있었고, 자영은 그것을 제대로 보았다. 우리 안에 거하시는 성령으로 말미암아 네게 부탁한 아름다운 것을 지키라.

그러고 나선 무얼 보았더라? 그 뒤로는 가물가물했다. 몇몇 장면들이 조금씩 기억나려다가 말았다.

하지만 오늘 같은 화요일, 또는 목요일이거나 일요

일, 난데없이 병정들이 나타난 날들에 대한 기억이라면 얼마든지 흐릿하지 않은 모습으로 남아 있을 것이었다. 과거가 내뿜는 뜨거운 아지랑이 속에서도 단번에 알아볼 수 있을 만큼. 왜냐하면 자영이 그것을 원하니까. 그것을 원하고 싶고, 원할 수 있으니까. 그래. 이게 전부 다 내가 원한 거라고…… 너 무슨 생각해?

여덟 명의 병정들이 하는 일은 나타나기. 다시 나타나기. 나타나기를 해내기. 그것 말고도 자영을 돕거나 돕지 않기, 딱정벌레를 내쫓기, 물건의 배치를 바꾸기, 해바라기 등등 하는 일이 전혀 없다고는 할 수 없었고 한번은 연초에 나쁜 기운을 몰아내는 술을 만들어 와 자영에게 마셔봐, 하고 건네기도 했다. 그랬기에 자영은 그들이 때때로 싫거나 성가셔 몸통의 가장 뽀얗고 연한 부분을 꼬집고 싶거나 아예 없어졌으면 싶으면서도 정말로 그렇게 되기를 바라지는 않았고 어느 때에는 나타나기를 기다리기도 하며 이게 아무래도 앞뒤가 맞지 않는다, 생각했다. 아무튼.

우리 가봐야 해.

병정들이 서로의 손과 발에 난 상처를 갖고 놀다가 말했다.

오늘은 눈 똑바로 뜨고 다녀. 알겠지.

내가 언제 한눈을 팔았다고 그래.

외부로부터 농장을 지키는 일은 병정들이 전방 주시라고 부르며 가장 중요하게 여기는 일이었다. 병정들은 농장 주변에 수상한 상자나 식물들, 숯덩이, 나도는 소문들이 있는지 둘러보며 보초를 서는 일을 가장 중요하게 여겼다. 그 일을 방해하려고 하면 누구라도 공격할 기세였는데 언제나 이렇다 할 방해가 없이 순조로웠다.

이번에는 자영도 함께였다. 자영이 함께하자고 했고 병정들도 그러기로 했다. 자영과 병정들은 농장을 벗어나 원을 그리듯 그 일대를 걸었다. 병정들이 대열을 맞추어 걷고자 노력했지만 자영이라는 변수 때문인지 잘 되지 않았다. 병정들은 날씨가 얼마나 좋은지, 가뭄 끝에 단비가 내린 듯한 이 좋은 날씨가 어느 날 늦지 않게 일으킬 우박이나 지진, 먼바다의 해일이 어느 정도일지 가늠해보며 길가에 핀 물망초를 만져보았다. 병정들의 손가락이 새파랗게 물들었다. 우박이 쏟아지면, 지진이 일어나면, 해일이 닥치면, 마음씨 착한 수목 옆에 몰래 뿌리를 내려야지 아이 안 지워지네. 병정들이 손을 문지르며 땀을 흘리는 동안 자영은 말없이 하늘을 올려다보았다. 그리고 조금 지나 병정들도 자영이 올려다보는 하늘을 따라서 올려다보았다. 뭐 봐? 맑고 높은 하늘 아래에 서서, 자신들의 얼굴을 온전히 보여주었다.

그때 배낭을 멘 어린 여행자가 숲이 있는 방향으로 모두를 앞질러 지나갔고, 자영과 병정들은 하늘에 내 보이던 얼굴을 거두고 다시 가던 길을 계속 갔다.

농장 주변을 정찰하며 돌아다니는 데에는 약 4, 50분 정도의 시간이 걸렸다. 새로운 두꺼비를 발견함. 햇무리를 구경하는 옛날 사람들(노인들을 의미했다)을 봄. 태양 아래서 영영 시력을 잃었다고 하였음. 농장 주변은 아무 문제 없음. 좋지도 나쁘지도 않음? 좋기도 하고 나쁘기도 함. 출발한 지점으로 되돌아오는 길에 병정들이 반듯하게 접어둔 종이 약도를 꺼내 펼쳐 보였다. 거기에는 산△ 모양으로 표시해둔 한 장소가 있었다. 농장의 위쪽, 마른 우물이 있는 곳이었다. 아까 여기를 그냥 지나쳤거든. 의심을 사지 않으려고. 병정들이 말했다. 그런데 여기에 뭔가 있어. 동물인지 식물인지는 몰라도 농장을 노리고 있는 것일 수도 있고 아무튼 위험 요소야. 병정들이 자영에게 동의를 구하듯 고개를 끄덕였다. 지금은 너무 밝으니까, 이따가 밤에 다시 와보자고.

그래. 그럼 그렇게 하자, 하고 자영이 동의를 표했다. 그런데 거기에 정말로 뭔가가 있으면 어떻게 할 거야, 하고 물어보려다가 말았다. 그것을 물어보는 대신에, 자두 따기 체험 행사에 신청한 사람이 아직까지 아무도 없으니 돌아가서 함께 자두를 따는 게 어떻겠느냐고 물어보았다. 내가 위쪽을 하고 너희가 아래쪽을. 자두 열매는 여름에 들어설 무렵부터 2주 동안만 수확할 수 있었다. 그 뒤로는 나무가 알아서 전부 떨구어버렸다. 돌아가서 같이 자두를 따자고? 응. 그거 네가 다 해야지 왜 같이하자고 해? 이렇게 더운데? 왜냐니? 그건 생각 안 해봤어.

안 할래. 그 일에는 볼일 없어.

병정들이 말했다.

볼일이야 만들면 되잖아.

자영이 말했고 안 해. 안 해. 우리가 하고 싶지 않을 때 하지 않게 냅둬.

그래서 자영은 내버려두었다. 다시 농장에 도착하여 발을 들이자 켜켜이 쌓인 흙에서 올라오는 더운 열기가 단숨에 훅 끼쳤다. 자영은 차가운 물에 비료를 섞어 분무기 통에 담고, 끈을 조절해 어깨에 멨다. 그러고는 농장 곳곳에 가지를 뻗고 자라난 자두나무들과 맺혀 있는 열매들, 이미 죽은 나무들과 죽은 열매들, 잘라낸 줄기들, 식초병, 박엽지, 콩과자 한 봉지, 그것들을 전부 품고 있는 토양과 대기에 물을 흠뻑 뿌려주었다. 그것이 자영의 몸에 배어 있는 자영의 할 일이었

럭키 클로버

다. 곧고 힘 있는 물줄기가 한낮의 햇살을 받아 눈부시게 반짝였다.

병정들은 물줄기를 쫓아다니며 그 주위로 점점이 흩어지는 시원한 물방울을 맞았다. 그 모습이 어쩐지 얄밉고 마음에 안 들어 자영은 병정들에게 직접 물을 쏘았다. 병정들은 곧바로 넘어지거나 발이 엉켜 물웅덩이에 떠밀렸다. 아파, 아파! 자영은 쏜 자리에 한 번 더 물을 쏘았다. 그만해. 너는 우리보다 크잖아, 비겁하게. 괴롭히지 마. 괴로운 듯이 찡그리고 있었지만 병정들의 물기 어린 얼굴에는 분명한 생기가 돌았고, 자영은 그것을 보았다. 병정들이 자영에게 보여주었다. 번성하는 여러 개의 생명력을.

자영은 태양을 등지고 멈추어 섰다. 그러니까…… 갑자기 무엇을 해야 할지 모른 채로 서 있었다.

내가 왜 그랬을까? 왜 그랬는지 나도 몰라. 아마도 계속 모를 거야. 내 생각은 어렴풋하고, 노력을 하지 않거든…… 내가 왜 그랬을까? 자영은 한꺼번에 말을 쏟아내지 않기 위해 같은 말을 되풀이하며 다시 무엇을 해야 할지 알았고 뭐야 몰라, 부지런히 자두 열매를 땄다. 매 계절 농약을 사용하여 벌레 먹은 열매가 많지는 않았다. 그렇다고 자영이 먹을 만한 열매가 많은 것도 아니었다. 늘 그래왔기에 자영은 농장의 끝에서 끝까지 작업하는 동안 별다를 것 없이 허리를 펴거나 구부리고, 사다리 의자를 오르내리고, 끓는 듯한 더위에 이따금 저 멀리 시선을 던져둘 뿐이었다. 매일같이 지속되는 한낮이었다. 어마어마하게 큰 열매와 몹시 작은 열매, 드물게 잘 익은 열매가 볼 풀처럼 뒤섞여 플라스틱 상자 안에 가득 담겼다. 노랗고 빨갛고 푸른, 자영이 재배한 자영의 열매들이었다.

자영은 모아놓고 보니 뿌듯하여 환하게 웃었다. 이번에는 병정들이 조용히 그 모습을 지켜보았다. 그것은 어떠한 암시도 슬픔도 아니었다. 뿌듯하고 기쁨. 그래서 환하게 웃음. 단지 그뿐이었다.

자영은 자두 열매가 담긴 플라스틱 박스들을 한쪽에 쌓아두고, 헛간에서 두께가 얇은 유리병들을 꺼내와 잘 닦은 뒤 햇볕에 말렸다. 자영은 해마다 먹을 수 있는 열매만을 모아 술을 만들었다. 열매와 설탕과 담금소주, 식초, 그리고 조미료를 알맞은 비율에 맞추어 담그면 자두주가 되었다. 그중에 몇 개는 자영이 마셨고, 대부분은 장이 서는 날에 나가서 팔았다. 기온이 선선해지면 트럭을 몰고 도로변에 나가서 팔기도 했다. 차창을 내리고 시비를 걸어오는 운전자(주로 자영의 또래인 젊은 여자와 남자였다)가 있으면 맞서지 않고 딴청을 피우거나, 신고당할지도 몰라 순순히 자리를 옮겨 다시 팔았다.

트럭을 몰고 도로변에 나간 여러 날 중에 한 날, 자영은 병정들과 함께이지 않고 혼자였다. 계세요, 하고 누군가 승용차에서 내려 다가오기에 트럭에서 내려 손님을 맞았는데 그게 아니고요 조금 전에 이 트럭에서 사 간 술을 마시고서 배탈이 났거든요, 하고 말을 잇는 것이었다.

오늘은 아직 한 개도 팔지 못했는데요. 자영이 대꾸하자 그는 조금 전에 산 게 아니고 저번에요, 하고 말을 바꾸었다. 거짓말에 익숙해 보이지 않아 거짓말인지 금방 알 수 있었다. 하지만 자영은 그 말이 거짓인지 아닌지 따져 묻고 싶지 않아 잠자코 있었다. 그러다가 고집스럽게 서 있는 남자의 모습에 차츰 짜증이 나 그래서 뭐, 하고 물었다. 생각해보니까 그렇잖아. 그래서 뭐. 할 말 있어?

돈을 돌려받고 싶어서요.

남자는 물러날 생각이 없어 보였다.

제가 담근 술을 마시고 배탈이 난 사람은 지금까지 단 한 명도 없었어요.

제가 지금 있잖아요.

그렇긴 하네. 자영은 생각했다. 네가 있다고 하니까

여기 있네. 그런 생각이 들었기에 속아주기로 하고 남자에게 현금으로 만 원을 주었다. 자영은 남자가 이렇게 말하기를 기다렸다. 겨우 만 원짜리 가지고. 뭐 이런 걸 팔겠다고 나서서는…… 다 그만둬요. 시간 낭비예요. 누가 이런 걸 필요로 하긴 한대요? 그러면 자영은 모욕을 느끼고 손을 벌벌 떨면서도 기필코 남자를 트럭으로 들이받을 생각이었다. 엎어진 남자의 지갑에서 다시 만 원을 꺼내 가며 마지막으로 남길 말도 생각해두었다. 그래서 뭐. 잘해보려고 그랬어 나도. 너이게 무슨 말인지 알아? 잘해본다는 게 뭔지 알아? 그러나 남자는 아무 말도 하지 않고 자신의 차에 올라탔고, 사라졌다.

사기꾼이었을 거야. 한 병에 만 5천 원인데. 봐봐. 만 원만 받고도 돌아갔어. 원래 얼마인지도 모르는 거지. 낸 적도 없는 돈을 되받아 가다니…… 자영은 남자의 생김새보다도 만 원짜리 지폐 한 장을 공손하게 받아 가던 그의 두 손이 자꾸 떠올랐다. 굳은살로 지저분한 자영의 손과는 달리 손가락이 반반히 길고 손톱이 말끔하게 깎여 있는, 깨끗하고 고운 손이었다. 그 회고 고운 손으로 여기저기서 돈을 빼앗으면 얼마를 모을 수 있을까 이 개새끼 셈해보며 자영은 트럭을 그대로 세워두고 도로변에서 벗어났다. 굴다리 아래 자판기에서 껌과 물을 사 먹고 바람에 물결치는 청보리밭을 지나며 가볍게 산책했다. 그러고는 운전석으로 돌아와 짧게 잠들었다. 얼마 지나지 않아 꿈속에서, 자영은 그가 감방에서 나온 남자라는 것을 알게 되었다.

남자가 말한다. 나를 보는 사람은 누구든지 내가 불길하다고 말해요.

정말로 누구에게나 그런 말을 들었을까? 잠에서 깬 자영은 곰곰이 생각해보았다. 우선 나는 불길하다고 말하지 않음. 누구도 자영의 꿈속을 들여다볼 수는 없었기에 자영은 혼자 결론지을 수밖에 없었다. 그러므로 그럴 수도 있고 아닐 수도 있음. 자영은 주머니에서 노트를 꺼내 결론을 적어두었다. 내내 틀어둔 라디오에서는 이제 농가에서 흙을 태우는 법을 알려주고 있었다. 곧이어 건조한 여름 기후로 인한 산불 대비 안내가 이어졌다. 자영은 시동을 걸었다. 열어둔 차창을 통해 녹지의 푸르른 냄새와 길가의 자갈 냄새가 드나들었다. 배롱나무 세 그루. 돌로 쌓은 축대들. 수돗가. 새 무리의 뒤를 밟는 소리. 콜라 캔을 따는 소리. 드라이아이스 냄새. 유황 냄새. 깃털들. 뼈들. 고개를 흔드는 빛 그림자. 길 한복판에 놓여 있는 뱀이 지나가기만을 기다리던 아이들이 조금씩 몸을 움직이며 자영의 트럭을 돌아보았다.

약속한 밤이 되자 갑자기 바람이 거세지고 비가 내렸다. 자영은 비바람을 막아줄 만한 방수포 천막을 병정들에게 갖다주었다. 병정들은 난처해하지 않고 농장 한편에 천막을 높이 설치하고 그 안에 들어가 비가 그치기를, 무엇보다 거센 바람이 그만 멎기를 기다렸다. 기다리는 동안 그들은 마치 소도구로 사용하는 의자가 된 것처럼 몸을 어정쩡하게 구부리고 있었다. 작은 의자 되기. 자영은 그 모습을 언젠가 그렇게 이름 지었고 여느 때처럼 하나씩 돌아가며 앉아보았다. 병정들의 몸은 차갑지도 뜨겁지도 않고 다만 축축했다. 천막 안에 세워둔 랜턴 불빛이 물기 어린 병정들의 몸을 흐릿하게 비추고 있었다. 말소리가 전혀 들리지 않았다. 사방이 고요하기만 하여 빗소리와 숨소리가 자장가 소리처럼 들렸다. 낮과는 달리 농장의 풍경이 나른하고 지쳐 있었다. 자영은 의자가 된 병정들에게로 몸을 기울이고 손을 흔들어 보였다. 반가운 듯 또는 배웅하듯 천천히 손을 흔들고 있으면 병정들이 서서히 잠드는 게 느껴졌다. 자영은 이것을 몰랐는데 알았고, 그것이 싫지 않았다.

소나기였는지 비는 곧 그쳤고 바람은 아직 남아 좀더 기다림. 자영은 병정들을 깨우지 않고 천막 주변에 가는 선으로 향 가루를 뿌려 모르는 영혼이 함부로 들어오지 못하게 했다(아는 영혼이 있는 것은 아님). 그러고 나서 남은 향 가루로 산 모양을 그려보며 혼자 놀았다. 자영이 혼자 놀고 있는 동안 크고 작은 아이들이 와르르 농장에 찾아와 향 가루를 피하며 뛰어다녔다. 그러고는 자기들끼리 무언가 의논하다가 달아나듯 다시 나갔다. 아이들이 스스로 묻는다. 나는 행복한가? 아이들이 스스로 대답한다. 그런 작은 일은 어쩔 수 없다.

뭐 때문에 왔는지 모르겠네. 자영은 아이들이 농장을 나가는 것을 지켜보며 중얼거렸고, 아까 낮에 보았던 약도를 떠올렸다. 농장의 위쪽, 마른 우물 근처에. 어쩌면 그곳에 엄마의 시체가 있을 수도 있겠다고 자영은 생각했다. 어느 때고 검은 물을 좋아하는 사람들이 있으니까. 검은 물에 홀려 깊고 캄캄한 우물에 몸을 던졌는데 알고 보니 물이 한 방울도 없었던 거지. 그대로 머리가 깨진 거다. 펑 하고 터진 거다. 자영은 이 허구의 작은 마을에서 누군가 급류에 휩쓸렸다는 소문이 들리거나, 누군가 내던진 작은 불덩이가 원인이 되어 숲에서 큰 화재가 일어날 뻔했다는 소문이 들리면 그곳에 찾아가 정말인지 확인하고 다시 돌아오곤 했다. 그게 정말인지 아닌지. 진짜인지 아닌지. 자영에게는 그것이 중요했고, 그 중요함은 선했다. 그리고 그

선함이 때때로 자영을 구해낼 수 있었다.

그렇다면 어서 가봐야겠다. 그치.

병정들이 잠에서 깨어나 눈을 비비며 말했고,

천막 밖으로 나오자 어둠이 짙어 눈을 감아도 떠도 똑같은 농도의 암흑이었다. 어둠이 윙윙거렸고, 윙윙거리는 어둠을 가로질러 농장을 빠져나왔다. 그 위쪽으로 걸었다. 자영은 혼자 동떨어져 걷는 기분으로 병정들의 발소리가 가까워지거나 멀어지는 소리를 들으며 어둠에 곧 익숙해졌다. 어둠에 익숙해지자 풀벌레가 우는 소리가 들렸고, 눈에 보이는 것이 생겼지만 볼만한 것은 거의 없었다. 아까 말이야, 병정들이 아까 잠든 사이에 아무 꿈도 꾸지 않았는데 사실은 꾸고 싶은 꿈이 있었다며 말을 걸었다. 재미있는 꿈이었을 거야 뭐냐 하면, 우리가 너를 잃어버리는 꿈이거든.

그런 꿈을 꾸게 되면 우리가 움직임을 멈추고 그사이에 시간이 계속 가는 거야. 물론 너는 계속 움직여야지. 그런 꿈을 꾼 건 네가 아니니까. 그러다가 우연히 너를 되찾는 꿈을 꾸게 되면 우리가 다시 또 움직이고, 움직여서 너를 찾아가면, 너는 옛날 사람이 되어 있어.

자영은 그 꿈이 어떤 의미인지 궁금하여 물어보았다. 잘 몰라. 의미는 어쩌다가 생길 수도 있고. 만약에 생기면 알게 될 거야. 자영은 그 말이 무슨 말인지 몰랐는데 알고 있는 것도 같았다. 그렇게 여겨지는 것들이 있었다. 자영이 병정들을 재우는 법을 알게 된 적 없이 알고 있는 것처럼, 병정들은 자영을 깨우는 법을 알게 된 적 없이 알고 있었다.

자영과 병정들은 교대하듯 앞으로 뒤로 움직이며 걸었다. 이따금 마치 한 사람처럼 보이는 일은 없었다. 얼굴 위에 드리운 얼룩덜룩한 잎 그림자가 물러나고, 낮게 뜬 보름달이 나타나 주위를 하얗고 맑게 쪼개어 비추었다. 밝은 빛과 바람을 맞으면서 자영은 병정들이 숨을 내쉴 때마다 그들의 머리꼭지가 조금씩 움직이는 것을 보았다. 부풀었다가 가라앉는 회오리 모양의 가마가 작아서 귀여웠다. 살아 있었고, 살아 있는 것처럼 보였다.

그런데 거기에 아무것도 없으면 어떡하지?

없는 거지.

그래도 뭐가 있으면 좋을 거야. 뭐라도 말이야.

그걸 맨 처음 보는 게 나였으면 좋겠다.

부— 부— 부.

아니면 맨 처음 보이는 게 나였으면 좋겠다.

지금부터 양손을 맞잡고 기도라도 해봐.

이어지는 병정들의 말소리에 자영은 맞아, 맞아, 하고 대강 고개를 끄덕이며 오랫동안 그들과 함께 걸었다. 그래. 거기에 죽어 있으면 좋겠다. 나에게 끝을 보여주는 거라면 좋겠다. 그러면 그만 용서해야지 생각하면서.

인
터
뷰

김채원×조연정

조연정 안녕하세요. 김채원 작가의 작품은 2022년 겨울 「빛 가운데 걷기」 이후 〈소설 보다〉를 통해 두번째로 독자들과 만나게 되었습니다. 2022년 작품 활동을 시작한 작가에게 지난 2년은 어떤 시간이었을까 문득 궁금해집니다. 작가가 된 보람을 가장 강렬하게 느꼈던 순간이 있었다면 그건 언제였을지도요.

김채원 안녕하세요. 이렇게 지면으로 인사를 나누는 것이 어쩐지 반갑고 어색하면서도 반갑고 어색하여 좋습니다. 등단하고 2년이라는 시간 동안 소설을 읽고 쓰고 발표했는데요. 소설과 관련한 활동들을 제 생활에 어떻게 배분해야 할지 고심하는 시기였던 것 같아요. 소설을 밤새 쓰고 싶어 밤새 쓰면 당장에는 즐겁고, 하고 싶은 대로 하고 있다는 것이 좋아 들뜨게 되지만 잠든 시간 없이 곧바로 출근해야 하는 날에는 처지가 고달파지죠. 생활에 필요한 모든 일이 소설 쓰기를 방해하는 요소로밖에 여겨지지 않고요. 그렇게 성질이 나빠지는 것이 좋았다면 그대로 두었겠지만 그렇지만은 않아 어느 정도 궁리하고 타협을 보았습니다. 일단 정리하고, 자고, 내일 조금 더 쓰자. 너 지금 안 자면 금방 죽게 돼. 이런 방식의 타협이 늘 가능한 것은 아니어도 노력하고 있습니다.

작가가 된 보람을 느꼈던 순간이라고 한다면 (보람이라는 것이 저에게 큰 개념이지만요) 최근에 걸려 온 전화에 관해 이야기해보고 싶은데요. 「럭키 클로버」를 웹진에 발표하고 나서 제가 좋아하는 작가에게 전화가 걸려 왔어요. 오랜만에 온 연락이었고, 그동안 메시지를 주고받거나 만난 적은 있어도 통화를 했던 기억은 없어 무슨 일이 있나 알쏭달쏭하던 중에 그냥 제 소설을 읽고 저에게 전화하고 싶었다고 하더라고요. 내가 모르는 마음이 아니라서,라고 덧붙였는데 그 말을 듣고 처음으로 그 마음이 뭘까? 생각해보게 됐어요. 소설을 읽고 그 소설을 쓴 사람에게 그냥 전화하고 싶은 마음. 읽고 나서 이 마음 내가 알아, 하는 마음. 그리고 그것이 제 소설을 읽는 누군가에게 제가 바라는 전부일지도 모르겠다고 생각했던 것 같아요. 이 순간의 기억이 작은 불씨처럼 이따금 활활 타올랐다가 다시 작아졌다가 하며 계속 남아 있어요. 절반 정도만 제 것으로요.

조연정 전작들도 매우 흥미롭게 읽었었습니다. 「빛 가운데 걷기」와 「서울 오아시스」(『문학과사회』 2022년 가을호)는 누군가 '사라지고 없는 시간'을 보내는 사람들의 이야기입니다. '견디는'이라는 표현을 썼다가 고쳤는데 김채원 작가의 작품에서는 그 시간 속에 있는 인물들이 느끼는 고통의 감각이 전면에, 혹은 유난스럽게 드러나지는 않는다고 생각했기 때문입니다. 누구나 감당해야 할 슬픔의 몫이 있다는 듯, 혹은 예견된 불행이라는 듯 소설의 인물들은 담담히 남겨진 자리에서 주어진 일상을 살아내고 있습니다. 「빛 가운데 걷기」에 대한 인터뷰에서 김채원 작가는 '환한 불행'과 '넉넉한 풍경'이라는 표현을 쓰기도 했는데, 친밀한 사람의 사라짐을 마주하는 작가만의 특별한 태도가 소설의 제목에서도 잘 드러나는 것 같습니다. 누군가의 믿기지 않는 '없음'이 발생한 그 삶은 비유컨대 흑백의 삶이라 할 수 있을 텐데, 작가의 소설에서는 그것이 '빛 가운데' 혹은 '오아시스'와 같은 말로 표현되는 것이 흥미롭습니다. 이번 소설의 "럭키 클로버"라는 제목도 마찬가지입니다. 「럭키 클로버」의 서사를 추동하는 것은 '자영'에게 자두 농장을 남기고 사라진 엄마라는 존재라고 할 수 있을 텐데, 이 소설에서도 "곧고 힘 있는 물줄기가 한낮의 햇살을 받아 눈부시게 반짝였다"와 같은 문장들이 도드라지기도 합니다. 지난 인터뷰에서 언급하신 '환한 불행'이란 어떤 감각일까요? 김채원의 작품 속에 그것은 어떤 식으로 녹아드는 것일까요? 덧붙여, 어쩌면 아이러니하다고 느껴질 수 있는 소설의 제목들에 대해서도 그 의미를 여쭤보고 싶습니다.

김채원 제가 말하는 '환한 불행'이란 오랫동안 볕을 받거나 습기가 배어 본래 그 불행이 어떤 색이었든 좀더 희어진 것을 의미합니다. 낡지는 않는다는 점에서 빛바랜 것과는 결이 다른 의미이고요. 어떤 불행을 처음 겪게 될 때 그것을 표현할 마땅한 언어를 곧바로 찾기란 어려울 것이고 그러면 일단 가만히 있겠죠. 뭐가 뭔지 모르는 상태로요. 이것을 '견딘다'라고 표현해볼 수 있을 것 같습니다. 뭐야, 하고 가만히 있다가 나중에야 뭐가 뭔지 조금 알게 되는 거예요. 1년이 걸릴 수도 있는 일이고, 어떤 것은 30년이 걸릴 수도 있는 일이고요. 뭐가 뭔지 알게 된다는 것은 그 앓의 옳고 그름과는 관계없이 비로소 언어화가 가능해졌다는 것이겠죠. 감당해보겠다는 의지라고 해야 할지 결기라고 해야 할지 그런 알 수 없는 것이 생겨나 불행에 발이 걸렸지만 고꾸라지지 않겠다, 감당해보겠다, 아니면 고꾸라져서 감당해보겠다,와 같은 다짐들을 하며 혼자 그러고 있는 동안 알고 보니 그 불행도 계속 함께 있었던 거예요. 불행이라고 가만히만 있었을까 싶어 들여다보면 조금씩 변한 것이 있고 그 변화가 저에게는 좀더 희어진, 어느 날 제 방에 함부로 들어왔지만 이제 와서 나가라고 하기에는 새삼스러워져 여기서 지내, 하게 되는 존재로 감각되는 것 같고요. 이것이 한 개인으로서 제가 감각하는 '환한 불행'이고, 제 소설은 이 자리에서부터 시작하기 때문에 인물들이 가까운 사람을 잃고도 견딘다는 느낌 없이 지내는 것처럼 보이는지도 모르겠어요(그렇다면 그건 그것대로 좋은 일이라는 생각이 들어요). 예전에 후루이 요시키치가 죽음에 대한 감정적인 태도를 이야기하면서 헤이세이平成 시대의 소설가들이 "끈기 있게 슬퍼하기보다는 와 하고 꺾인 듯이 슬퍼하고"* 말아버린다는 점을 지적한 적이 있었는데요. 그의 말

인터뷰 김채원×조연정

을 제 마음대로 빌려본다면 제 소설 속 인물들은 끈기 있게 슬퍼하는 인물들이라고 말하고 싶어요. 그렇다고 해서 와, 하고 꺾이지 않았다는 것은 아니지만요.

제 소설에 나타나는 '환함'이나 한순간의 반짝임은 「럭키 클로버」에서 "곧고 힘 있는 물줄기가 한낮의 햇살을 받아 눈부시게" 빛나는 것처럼 그 순간 그 인물이 보았을 법한 풍경 중 하나이면서 그중 가장 좋은 것으로, 작가인 제가 의도적으로 개입해 고르는 것이에요. 인물들이 지금 볼 수 있는 것 중 가장 환하고 좋은 것을 보게 하려고요. 그것이 때때로 인물을 더 어둡게 만들거나 쓸쓸하게 만들 때도 있지만, 그런 대비에서 오는 잘 맞지 않는 느낌이 조금 이상한 방식으로 읽는 이에게 무언가 전달할 수도 있다고 생각해요. 소설의 제목도 비슷한 맥락으로 말해볼 수 있을 것 같은데요. 「빛 가운데 걷기」에서의 '빛'은 단어 자체가 가지고 있는 양지의 밝음이 있고, 그 '밝음'이 보여지고 싶지 않은 것들까지 보여지게 한다는 점에서 긍정적인 의미로만 볼 수

*   『오에 겐자부로의 말: 후루이 요시키치 대담』, 마음산책, 2019, p. 60.

는 없게 되죠. 「서울 오아시스」의 '오아시스'도 마찬가지고요. 한 남자가 스스로 빠져 죽었을지 모를 강물과, 그 강물에 비치는 한밤의 아파트 불빛이 아름답다고 말하는 아이가 한 편의 소설에서 공존하고 있으니까요. 그에 반해 「럭키 클로버」는 조금 다를 수 있겠다고 생각하는데, 왜냐하면 소설의 여러 상황에서 한발 물러나 보면 클로버 병정들은 일반적인 행운의 모습과는 거리가 있을지 몰라도 자영에게 있어 행운의 존재들이기 때문이에요. 그야말로 정직한 제목이다, 라고 한번 생각해보기도 했습니다.

사실 소설의 제목은 항상 소설을 쓰기 전에 먼저 짓는 편이어서 처음에는 그냥 몇 개의 획으로 이루어진 글자인 셈이고 안이 텅 비어 있는, 불꺼진 네온사인 간판 같은 것이기도 한데요. 소설을 쓰기 시작해야 제목이라는 것이 그제서야 저에게 한 지침으로 작용하고, 그사이 뭔가 막 생기고, 이후에 한 편의 소설을 다 썼을 때 처음과는 달리 가늘고 긴 전선들이 그 안에 촘촘히 얽여 있다는 인상을 받게 돼요. 다리가 몹시 많은 생물을 지켜보는 것도 같아 징그럽고, 계속 보고 있고 싶고요.

조연정 「럭키 클로버」를 읽고 나서 첫번째로 드는 의문은 이것일 수밖에 없을 듯합니다. "여덟 명의 클로버 병정"은 과연 누구인가? '자영이'의 비밀 친구이자 수호자처럼 그려지는 이 병정들은 아마도 자영이를 '살게 하는' 존재들이라고 할 수 있을 것도 같습니다. 이 소설이 처음 발표됐을 때 끝에 달린 '창작 노트'에서 "소설을 쓰는 동안 자영이와 친구가 되고 싶었던 것 같다. [······] 그가 보여주는 것만을 보며 굳게 잠긴 비밀의 문 앞을 지키고 선 문지기가 되고 싶었다"(〈비유〉 2023년 11월호)라는 말들을 읽었는데 저는 이 문장들과 더불어 이 소설을 사랑하게 된 것 같습니다. 이 「럭키 클로버」 병정들이 어쩌면, 무슨 일이 일어나고 있는지도 혹은 일어날지도 모르는 채로 불행의 한가운데를 지나가고 있는 사람의 마음가짐 같은 것일 수 있다면 그것은 또 어떤 마음이라고 할 수 있을지, 이에 대해 함께 이야기 나누고 싶었습니다. 병정들이 자영이에게 이런 말을 하는데요. "우리가 너를 잃어버리는 꿈"을 꾸었다가 "우연히 너를 되찾는 꿈을 꾸게 되면" "너는 옛날 사람이 되어 있어"라고요. 자영이는 하루빨리 "옛날 사람(노인들을 의미했다)"이 되고 싶은 걸까요?

김채원 평소에 소설을 쓸 때 제약을 별로 두지 않는 편
인데 이 소설을 구상할 때는 클로버 병정들의 존
재가 중력의 간섭을 받는, 정말로 있는 존재여야
만 한다고 생각했어요. 쓰는 저에게 있어서도 그
렇고 소설 속 인물들에게 있어서도, 그리고 읽는
누군가에게 있어서도요. 지나고 보니 환상이었
다거나, 어쩌면 환상일지도 모른다거나, 있었는
데 없었다거나 하는 식으로 느껴지게 해서는 안
됐어요. 그렇게 된다면 여러모로 기만이라고 생
각했던 것도 같은데 무엇 때문에 그렇게까지 결
연했을까요? 하지만 여덟 명의 클로버 병정들이
과연 '무엇'인지가 아닌 '누구'인지라는 질문을
받게 되니 그 부분에 있어 잘 해냈다는 생각이
들어 기뻐요. 제가 쓴 소설과 문장들이 다른 이
에게 사랑받기도 한다는 걸 알게 되어 또 한 번
기쁘고요.

클로버 병정들은 소설에 '파수' 병정들이라고
적어두었을 만큼 무언가를 지키는 데 재주가 있
(어야 하)는 인물들이에요. 자영이 생생하게 겪
고 있는 농장의 한가운데를 함께 지나는 친구들

　　　　　　　　　인터뷰 김채원×조연정

이자, 나눠 가진 불행이자, 자영을 살게 하는 존재들이고요. 자영을 살게 하려면 단순히 많거나 적은 수가 아닌 정확히 여덟 명의 병정들이 필요하다는 점에서 자영이 '살아 있음'에 얼마만큼 노력을 기울이고 있는지 알 수 있었고, 그것을 제가 알고 있다고 생각했어요. 그래서 자영이와 친구가 되고 싶었던 것 같아요. 자영이가 뭔가 속이고 있는 부분이 있다면 순순히 속고 싶었고요.

병정들이 자영을 잃어버리는 꿈을 꾸게 돼 서로 헤어졌다가, 우연히 되찾는 꿈을 꾸게 돼 다시 찾아갔을 때 이미 자영이 '옛날 사람(노인)'이 되어 있는 꿈. 그러니까 병정들이 꾸고 싶었지만 아직 꾸지는 못한 아마도 "재미있는 꿈"일 그 이야기는 자영이 주어진 시간을 온전히 살아내 "태양 아래서 영영 시력을 잃"어 자신들을 알아볼 수 없게 된 모습을 병정들이 보고 싶어 할 거라고 생각하면서 썼어요. 정말로 그런 상황이 온다면 눈이 보이지 않는 자영의 옆에 별말 없이 앉아 있다가 그대로 되돌아갈 것 같았고요. 결론이 지어진다는 느낌은 아닌데 그랬어요. 병정들이 겪고 싶어 하는 이러한 미래는 이들의 세상 전체

와 관련이 있는 것이고 자영에게 좋으면서도 나
쁜 것일 수 있겠죠. 그런데 이것에 대해 자영이
어떤 입장을 가지고 있는지는 생각해본 적이 없
는 것 같아요. 자영이는 하루빨리 노인이 되고
싶을까? 이제 와서 혼자 물어봐도 어쩐지 그 부
분은 공백이에요.

조연정 「럭키 클로버」는 1인칭 시점과 스스로를 '자영
이'라고 칭하는 3인칭 시점이 묘하게 중첩되
는 부분이 있는 것 같습니다. 스스로를 '자영이'
라고 반복적으로 부르기 때문에 어쩐지 다정한
소설로 읽히기도 합니다. 엄마는 떠났고 '여덟
명의 클로버 병정'을 제외하고 친근한 인물들이
등장하지도 않는 이 소설이 삭막하게만 느껴지
지 않는 이유가 이 때문이기도 합니다. '자영이'
라는 이름이 많이 불리는 것은 작가의 설정이기
도 한 것일까요?

김채원 짚어주신 부분들이 맞아요. 강조해보자면 빈틈
없이 다정한 것이 아니라 어쩐지 다정한 것 같은
느낌으로 읽히기를 바랐어요. 다정한가? 그런
것 같아, 정도로요. 설정이라고 한다면 설정이

인터뷰 김채원×조연정

고 장치라고 하면 장치인데 저에게 자영이는 자영이어서 그러기도 했던 것 같아요. 무슨 말이냐하면, 소설에서 클로버 병정들이 줄지어 나타났을 때 자영이가 마치 병정들을 처음 보는 것처럼 누구냐고 한번 물어보고 싶어 하는 장면이 있잖아요. "그러면 여덟 명의 클로버 병정들이 우리는 자영이의 친구인데요, 하고 대답할" 것이라고 자영이가 예상하는데, 그 장면을 쓰는 도중에 만약 자영이가 이것과 같은 질문을 받는다면 뭐라고 대답할까 궁금해졌어요. 마치 처음 보는 사이처럼 누구세요, 하고 병정들이 물으면 아무래도 자영이는 나야, 자영이, 하고 짧게 대답할 것 같았고 그것을 계기로 저에게 '자영'이라는 인물이 '자영이'가 된 거예요. 그렇게 인식되고 나서 자영이가 스스로를 '자영이'라고 부르는 문장들이 써졌어요. "자영이 친구들이라고? 반가워. 내 친구들이구나. 내가 자영이야" 하고요. 소설의 전반을 이루고 있는 시점은 서술자가 이끄는 3인칭이지만, 그 안에서 1인칭으로 존재하는 자영이가 자신을 다시금 3인칭으로 호명해보는 순간이 쓰면서 사소하게 즐겁고 좋았던 것 같아요. 물론 저는 병정들이 자영이를 자영이라고 부를 때가 가장 좋았지만요.

조연정 여름 성경 학교를 회상하는 장면에서는 '숭고'에 관한 대화가 등장합니다. "어떠한 상황에서도 손쉬운 죽음이 아닌 그럼에도 삶으로 향하는 인간의 의지적인 모습" "살 만한 가치가 있다고 생각하지 않음에도 내내 사는 것", 이러한 절대적 관념들이 과연 숭고일까라는 질문이 등장하기도 합니다. 그렇다면 김채원 작가가 생각하는 숭고란 무엇일까요? 인간의 삶에서 숭고함의 가치는 어디서 어떻게 찾을 수 있을까요?

김채원 인간의 '삶'이나 '숭고' '가치'와 같은 단어는 저에게 있어 크고 어려운 단어이고 한편으로는 날아갈 듯이 가벼운 단어예요. 손에 잡히지도 않고 그 무게를 가늠해볼 수도 없으니까요. 형태를 부여해보자면 작은 돌멩이 정도로 생각하는데, 저는 종종 차갑고 작은 돌멩이 몇 개를 머리 위에 얹고 생각하는 일을 좋아하기도 해요. '운명'이라거나 '약속'이라거나 '만물'과 같은 것들에 대해 생각하듯이요.

크고 어려운 단어에 대해 생각할 때 가장 먼저

하는 일은 포털 창을 열어 국어사전에서 그 단어의 사전적 의미를 찾아보는 거예요. 성격적으로 약간 촌스럽고 비겁한 면이 있는 것인데 이러한 성격적 결함이 이런저런 생각을 하는 데 도움이 돼요. 예를 들어 '숭고'라는 단어를 국어사전에서 찾아보면 '숭고하다'의 어근이고, '숭고하다'라는 형용사는 '뜻이 높고 고상한 것'을 의미한다고 나오는데요. 군더더기 없이 간결한 말이고, 무슨 의미인지는 알겠는데, 그걸 개별적인 한 사람에게 적용해보려고 하면 모호하고 뭉치는 부분이 생기는 거예요. 「럭키 클로버」를 쓰는 동안 그런 것들에 대해 생각했던 것 같고요. 자영에게 '숭고'라는 것은 절대적이기는 절대적인 것인데(신을 믿으니까요), 그것이 '뜻이 높고 고상한 것'을 의미하며 인간으로 하여금 우러러보게 만들 정도의 가치를 지니고 있고, 어떠한 상황에서도 죽음이 아닌 삶으로 향하고자 하는 인간의 의지적인 모습을 가리키는 것이라면 나는? 하고 질문하게 되는 거죠. 그럼 나는? 하고요. 살아 있다는 감각에 온통 집중하고 있지만 살 만한 가치가 있다고는 생각하지 않는다면, 높다고 할 만한 뜻이 아무것도 없다면 그럼 나는 숭고하지 않은 게 되나? 이미 그렇게 정해둔 것이니 나중에라도 마음이 바뀔 일은 없나?

소설 속에서 인물이 질문하고 있을 때 작가인 저도 인물과 함께 질문하고 있어요. 제가 알고 있는 것이라면 소설을 통해 질문하지는 않게 돼요. 그렇기 때문에 저에게 '숭고'란 자영에게 그랬던 것처럼 아직 결론지어지지 않은 것에 가까워요. 결론지어지지 않았더라도 말을 보태볼 수는 있겠죠. 저는 뭐가 되었든 그것을 잘해보려고 시도했다면 그 결말이 삶을 향하고 있지 않더라도 숭고하다고 생각해요. 적어도 저는 그래요. 소설에 "나도 잘해보려고 그랬"다는 말을 자영이 상상하는 장면이 있는데요. '잘하려고 그랬다'와 '잘해보려고 그랬다'는 차이가 있는 말이고 제가 생각하는 '숭고'는 지금까지는 후자에 가까운 무엇이에요.

조연정 '자영이'의 '클로버 병정' 같은 존재가 김채원 작가에게는 무엇일지 궁금합니다.

김채원 만약 그런 존재가 저에게 있었다면 이 소설을 쓰지 않았을 것 같아요. 저에게 '자영이'의 '클로버

인터뷰 김채원×조연정

병정'과 같은 존재는 앞으로도 없을 것이고요. 그러한 '없음'이 유독 강하게 감각될 때 이 소설을 썼어요. 저에게 필요한 저의 소설이었고, 다 쓰고 보니 이걸로 충분하다고 생각하게 돼요. '충분하다'라는 단어가 주는 충분함이 모자람 없이 좋습니다.

조연정 이번 작품을 읽으면서도 김채원 작가의 작품은 여러 번 그 문장들을 곱씹으며 읽을 때 더 깊이 이해하게 되는 소설이라는 생각을 하게 되었습니다. 작품을 쓸 때 가장 중요하게 생각하는 원칙이 혹시 있다면 그것이 무엇인지도 궁금해졌습니다.

김채원 글쓰기에서 가장 중요하게 생각하는 원칙은 저에게 맞는 언어를 쓰는 일이에요. 제 언어가 가지고 있는 특유의 어색함이 있다면 그것을 고치지 않고 유지하는 방식으로 문장을 쓰려고 하고요(그게 뭔지 잘은 모르지만요). 그래야 제가 쓴 소설이 정말로 제가 쓴 소설이 될 수 있다고 믿고, 계속해서 써나갈 동력이 생긴다고도 믿어요. 지난겨울에 우연히 듣게 된 이야기인데, 작가가 외국어를 배워서 외국어로 글을 써도 모어로 글을 쓸 때의 버릇(들을 때는 '쪼'라고 들었습니다)이 그대로 드러난다고 하더라고요. 개인적으로 흥미로운 이야기여서 이따금 생각은 나는데 자신의 버릇이 버릇인지 아닌지 스스로 알아보기 어렵다는 점에서 실제로 배워서 해보게 되지는 않았어요. 혼자 써보고, 혼자만 알아보고 싶었거든요. 외국어 공부를 게을리하고 싶은 마음이 컸을 수도 있고요. 원칙과 관련해 한 가지 덧붙이자면 작업보다는 노동에 가까운 원칙이 하나 있는데요. 제가 쓰고 싶은 문장이 아닌 소설이 필요로 하는 문장을 쓸 때, 제가 쓰고 싶어서 쓴 문장과 연결될 수 있도록 배열과 어조를 맞추는 일에 많은 시간을 들이는 거예요. 이 과정이 가장 지루하지만 다 하고 나면 가장 뿌듯해요. 그래서 적어두고 싶었어요. 이것들 말고는 별다른 원칙을 두지 않고 그때그때 마음대로 합니다.

조연정 혹시 소설가가 되자고 마음을 먹었던 순간이 기억난다면 그게 어떤 때였는지도 궁금하네요. 소설을 쓰는 작가이기 이전에 한 명의 독자로서 항상 기대하며 읽게 되는 작가는 누구인지도 궁금

인터뷰 김채원×조연정

합니다. 마지막으로 김채원 작가의 앞으로의 집필 계획이나 작가로서의 포부에 대해서도 살짝 청해 듣고 싶습니다.

김채원 학교에 입학해서 시를 먼저 읽었어요. 조금 지나서 소설을 읽기 시작했고요. 시와 소설을 읽으면서 소설을 쓰고 싶다고 생각했어요. 소설을 썼어요. 소설을 쓰다 보니 소설가가 되고 싶었어요. 그리고 소설가가 되었어요. 제 기억에는 이게 다인데, 계기가 없었을 거라고는 생각하지 않아요. 소설가가 되자고 마음먹었던 순간이 분명히 있었을 거예요. 그걸 제가 기억하지 못하는 것뿐이고요. 저에게 있어 나름대로 중요했을 그 순간이 전혀 기억나지 않는다는 점이 저와 어울리는 것도 같아요. 그런데도 소설가로 살게 되었다는 점에서요. 저는 늘 어딘가에 속하기를 원했는데 그 장소가 문학이라는 게 다행이고 좋아요.

당연한 말이지만 (꼭 그런 것도 아니지만) 좋아하는 작가의 글은 항상 기대하며 읽게 돼요. 읽었던 것을 다시 읽을 때도 기대하게 되고요. 요즘은 앨리 스미스를 다시 읽기 시작했어요. 먼저 『여름』을 읽었는데 처음 읽을 때보다 더 기대하게 되더라고요. 이 안에 뭐가 있는지 한 번 경험했으니까요. 고깔로 접은 종이에 가득 담아둔 산딸기나 누군가 소리 내어 웃는 모습, 도자기 강아지, 그냥 아무 장면들을 다시 읽고 다시 보았어요. 하야시 후미코의 『방랑기』도 같은 의미에서 읽을 때마다 기대하는 작품이에요. 눈, 코, 입이 정확한 소설이고 이미 너무 많이 다시 읽었고요. 5백 페이지 정도의 책인데 작년에 책등이 절반으로 쪼개져 반절씩 가볍게 들고 읽을 수 있게 됐어요. 쪼개진 뒷부분 첫 페이지에 밑줄 그어둔 문장이 있는데, 언제 밑줄을 그었는지 짐작은 안 되지만 이런 문장이에요. "다리를 쭉 뻗고 꾸쁘린의 『야마』를 읽었다. 야무진 매춘부가 좋아하는 대학생에게 너무나 청순한 자신의 마음을 내보인다. 방대한 책이다. 머리가 지끈지끈하다."* 이렇게 문장에서 문장으로 넘어가는 호흡이 강하고 멋진 소설이어서 항상 기대가 돼요.

마지막으로 집필 계획이나 포부라고 한다면…… 아무래도 쓰고 있는 원고 이야기나 쓰려고 하는 원고 이야기(이런 것은 몇 장이라도 쓸

* 　하야시 후미코, 『방랑기』, 이애숙 옮김, 창비, 2015, p. 207.

인터뷰 김채원×조연정

수 있다든지), 또는 새해에 했던 크고 작은 결심들에 대해 말해볼 수도 있을 텐데 어째서인지 당장에 해낼 수 없는 것에 대해서만 말하고 싶어져요. 계획이고 포부니까 그래도 된다고 생각하는 것 같고요. 지금으로서는 아무런 죄도 짓지 않고 어딘가에 숨어 물리적으로 아주 많은 양의 소설을 써보고 싶다는 생각뿐이에요. 받아쓰기하듯이, 조용하고 너저분하게요. 사는 데 별 도움은 안 되겠죠. 나쁠 수도 있겠고요. 그래도 좋을 것 같아요. 기회가 된다면 해보고 싶어요.

밤의 반만이라도

이선진

2020년 자음과모음 신인문학상을 통해
작품 활동을 시작했다.
소설집 『밤의 반만이라도』가 있다.

그 겨울, 우리는 어두워지는 데 일가견이 있었다. 빛조차 감지하지 못하는 전맹인 네 엄마 덕택에 너희 집 불은 대개 꺼져 있었고, 나는 활동 보조사로 일했던 새엄마를 따라 경사가 가파른 계단을 한 발 한 발 내려갈 때마다 몸이 훅 꺼지는 듯한 기분을 느끼곤 했다. 언덕 경사로에 위치해 입구만 지하에 나 있을 뿐 반대쪽에서 보면 엄연한 지상 층이었는데도 동네 사람들은 너희 집을 반지하 집이라고 불렀다.

"내가 못 살아. 왜 이렇게 어둡게 하고 있어!"

한번은 불이 켜져 있음에도 새엄마가 이렇게 말했고, 나도, 너를 낳고 기른 미수 씨도, 아무도 그 말이 잘못되었다는 사실을 바로잡지 않았다. 오직 너만이 작지만 모두에게 충분히 가닿을 법한 소리로 말할 뿐이었다.

"아줌마 얼굴이 제일 어두워 보여요!"

비밀스러움. 네겐 어딘지 모르게 비밀스러운 구석이 있었고, 그건 네가 너와 세상 사이에 아무런 비밀을 두지 않으려고 했기 때문에 생겨났다. 비밀이 없는 것이 오히려 너를 비밀스럽게 만들었다. 너는 시각장애인이라는 말을 슈퍼에서 파는 백 원짜리 싸구려 불량식품처럼 스스럼없이 입에 올렸다. "우리 엄마는 시각장애인이고, 얘네 엄마가 일주일에 세 번 우리 집에 활동 보조하러 와!" 하고 속사정을 훤히 내보였다. 그때 이미 너는 한쪽 눈의 시력을 거의 잃은 상태였고 나머지 한쪽 눈의 시력도 서서히 잃어가고 있었다. 그런데도 너는 마치 네가 잃어버린 게 몽당연필이나 연필 꽁지에 달린 지우개인 듯 굴었다. 그래서 어려운 친구를 도와줘야 한다는 지령을 받은 반 애들은 도움받는 사람으로서 마땅한 저자세를 취하지 않는 너를 겉돌곤 했다. 그러니까 너로 말할 것 같으면 학교에서 선생님이 둘! 하고 외쳤을 때 언제나 짝 없이 혼자 남겨지는 사람이었다. 셋! 하고 외쳤을 때 언제나 짝 없이 혼자 남겨지는 사람이었다. 넷! 하고 외쳤을 때 언제나 짝 없이 혼자 남겨지는 사람이었다. 그러나 너는 둘과 셋과 넷밖에 외칠 줄 모르는 얼빠진 선생에게 "근데 있잖아요, 왜 하나! 하고는 안 해요?"라고 요구할 줄 아는 사람이었다. 그러다 아주 잠시, 나로 인해 하나 같은 둘이 되어버린 사람이었다.

"까만색 칠하게 크레파스 좀 빌려줄래?"

아무도 너와 짝이 되고 싶어 하지 않아 우리가 처음으로 짝이 된 날, 텅 빈 도화지를 앞에 둔 너는 새엄마가 생일 선물이랍시고 내게 준 30색 크레파스 세트를 가리키며 물었다. 그 무렵 반 애들의 책상에는 기다란 세로 선이 그어져 있었고, 누군가 그 선을 넘으려 들 때마다 금, 하고 말했다. 금 넘으면 죽어! 초짜처럼 소리 높이는 대신 최소한의 말만 간추렸다. 이쪽과 저쪽을 구분 짓지 못해 안달 난 아이들. 나는 '5쾌'라고 적힌, 칠판 위에 삐뚜름하게 걸려 있는 급훈 액자를 바라보고 있었다. 유쾌, 상쾌, 통쾌, 경쾌. 여기까지는 유추 가능했는데 딱 하나가 빠졌다. 삐뚠 게 내가 아니라 액자라는 사실을 재차 확인했다. 흰 도화지를 까맣게 칠하는 방법에는 두 가지가 있었고, 나는 네가 검은색 크레파스로 손쉽게 검은색을 칠하는 아이와 검은색만 뺀 나머지 29색을 미련스레 덧칠하는 아이 중 어느 쪽일지 궁금했다. "빌려 가도 되냐니까?" 나는 손 떼라고 소리 높이는 대신 최소한의 말만 간추렸다.

"금."

이쯤에서 잠시 짚고 넘어가자면, 내 이름은 미숙이었다. 겉보기에도 촌스럽기 짝이 없는데 요모조모 속을 뜯어봐도 촌스럽기 짝이 없는 이름. 사실 따돌림의 이유만 다를 뿐 나 역시 너와 처지가 그렇게 다르지 않았다. 내 잘못은 아니었고, 당시 쓰레기 매립지 관리소장으로 일하던 아빠가 외간 여자와 바람을 피우고 있었기 때문이었다. 아빠의 죄가 동네방네 탄로 나면서 나는 그 죄를 고스란히 물려받았다.

"그 여자랑 뭘 하든 다 좋은데, 내 눈에 띄지만 마."

아빠 몸에서 불가리 향수 냄새보다 쓰레기 냄새가 더 많이 나기 시작할 무렵 나는 안방에서 쥐 울음소리처럼 찍찍 울려 퍼지는 새엄마의 목소리를 몰래 엿보곤 했다.

엿듣기가 아닌 엿보기. 그건 내가 귀에 들려오는 소리를 통해 방 안의 풍경을, 목욕을 마친 지 얼마 되지 않아 물방울이 맺혀 있는 새엄마의 흑갈색 머리카락을, 핏줄이 잔뜩 선 아빠의 목울대를, 소리가 새어 나가지 말라고 부러 틀어둔 생태 다큐멘터리 속 맹꽁이의 모습을 생생하게 들여다보는 것처럼 느꼈기 때문이었다. 희한하게도 그 풍경은 눈을 감고 있을 때 더욱 선명해졌다.

이건 비밀인데, 그 당시 나는 몹시 들키고 싶었다. 뭘 들키고 싶은지도 모른 채 그저 들키고 싶다는 마음으로 충만했다. 어쩌면 그날도 너에게 내 마음을 들켰는지도 몰랐다. 아무렇지 않다는 듯 금을 침범한 네 손끝이 내게 닿았을 때 나는 나도 모르게 눈을 질끈 감았다. 그리고 첫눈에 반하는 것의 필요조건이 누군가를 처음 본 순간이 아니라, 눈을 감아도 누군가 눈앞에 아른거리는 순간이라는 걸 깨달았다.

세상 모든 일들을 보여야만 할 수 있는 일과 보이지 않아도 할 수 있는 일로 나눌 수 있다면 새엄마는 점자 스티커 붙이기나 못 박기나 삶음 코스로 세탁기 돌리기처럼 앞이 보여야만 할 수 있는 일을 했다. 가끔은 진짜 보는 눈이 있어야만 할 수 있는 일을 하기도 했다. 예컨대 미수 씨가 쓴 이야기를 봐주는 것 같은. 미수 씨는 동사무소에서 무료로 대여한 시각장애인 보조 기구로 소설을 썼고, 비록 반환점을 돌았다가 완결을 내지 못하고 맥없이 끝나버린 이야기이긴 해도 새엄마는 그것을 읽고 "그런데 애는 도대체 무슨 꿍꿍이인 거지?" 몇 마디 얹곤 했다. 왜일까 그녀는 속내나 속마음이나 속사정같이 곱고 예쁜 단어를 놔두고 꿍꿍이라는 단어를 즐겨 썼다.

"지금 뭐 하고 있어요?"

한번은 궁금증에 못 이긴 내가 둘이 무슨 얘기를 하고 있는 거냐고 묻자 미수 씨는 애들은 몰라도 된다면서 나를 밀어냈다. 그러나 알다시피 열세 살은 알 만한 건 다 아는 나이였다. 알아서 좋을 게 하나 없는 것들까지 속속들이 알게 되는 나이였다. 어떤 앎은 앓음을 동반한다는 사실까지도.

당시 나는 몹시 떠나고 싶었다. 어디로? 하고 묻는다면 나로부터 최대한 먼 곳으로, 바다 건너 외국으로,

스물아홉으로, 이야기 속으로. 이야기가 어떤 세계로
든 떠날 수 있는 여권과도 같다는 점에서 나는 그것이
간절히 필요했다. 그러나 접근 금지령이 내려진 이야
기를 내가 몰래 훔쳐보려 —정확히는 훔쳐 들으려 —
할 때마다 미수 씨는 어떻게 낌새를 알아채고는 "세상
에! 저리 안 가?" 하고 소리쳤다.

세상에. 그건 미수 씨가 세상을 향해 자신을 증명하
려 들 때마다 꺼내 드는 단어였다. 기쁠 때도 슬플 때
도 사랑을 연필로 쓰라는 유행가를 흥얼거리다가도 세
상에! 만약 미수 씨로부터 그 단어를 앗아간다면 미수
씨의 세상은 어떻게 될까? 속수무책으로 무너져버릴
까? 이야기의 바깥으로 추방돼 있을 곳을 잃어버린 나
는 방 한구석에 쭈그려 앉아 모눈종이 위 찌그러진 하
트를 지우개로 문질렀다. 지우개 똥이 나오면 꾹꾹 뭉
쳐 지우개를 만들었다. 새로 생긴 지우개로 찌그러진
하트 자국을 문지르면 이번엔 아무것도 지워지지 않
았다. 지워지지 않아서 계속 문질렀다. 그러다 보면 딱
지우개 똥만 한 또 하나의 질문이 동그랗게 뭉쳐졌다.

세상에 내가 없었다면 나는 어떻게 됐을까.

내가 없는데 내가 어떻게 되냐니. 말이 안 되는 말이
었지만 세상의 모든 것이 꼭 말이 돼야 하는 건 아니었
다. 안 그래? 내가 물었고, 너는 윙크하듯 한쪽 눈을 찌

푸린 채로 나를 바라보며 말했다.

"있잖아."

"응."

"왜 사람들은 뭘 말할 때 꼭 있잖아,라고 할까?"

"있잖아."

"응."

"나도 잘 모르겠어."

"진짜 몰라?"

"응."

너는 그럼 그건 아느냐며 운을 떼더니 "우리 반 거시기 선생님이랑 옆 반 홍애자 선생님이랑 그렇고 그런 사이인 거" 하고 말했다. 나는 여자끼리 그렇고 그런 사이가 될 수 있다는 사실에 깜짝 놀라면서도 다소 들뜨고 부푼 마음으로 모른다고 했다.

"그럼 입동이 겨울로 들어간다는 뜻이 아니라, 겨울이 똑바로 선다는 뜻인 건 알아?"

나는 닭살 돋은 맨살을 매만지며 모른다고 했다. 이윽고 내가 두 눈을 감은 채 동상 걸린 두 발로 어디론가 힘차게 걸어가는 겨울의 뒷모습을 상상하는 동안 너는 "그럼 그것도 알아?" 하고 재차 물었다. 내가 알 턱이 없다는 걸 알면서도.

"옛날 옛적에 영어로 'down'은 밑이 아니라 언덕을

뜻했대.”

너는 말했고, 나는 몰랐다는 말밖에는 아는 게 없었다.

“그러니까 어떻게 보면 내 이름은 언덕인 셈이야.”

언덕. 네가 이야기를 이어가는 동안 나는 네가 내 귓가에 부려놓는 야트막한 이야기를 느릿느릿 오르고 있었다. 물론 정상에 가닿기도 전에, 꼭대기에 다다라 우리가 무언가를 교환하기도 전에 미수 씨는 어떻게 알고 훼방 놓기 일쑤였지만.

“다운아, 뭐 하니?”

이름을 불리기가 무섭게 너는 침묵 속으로 숨어들었다. 다운아, 지금 몇 시야. 다운아, 물휴지 좀 가져와. 다운아, 너 어디 숨었어, 다운아, 너 대답 안 하면 죽어. 미수 씨는 네가 입을 꾹 닫은 채 기꺼이 자신의 눈이 되기를 거부하려 들 때마다 너를 다그쳤고, 그럴수록 너는 있는 힘껏 소리 죽였다. 어느 날엔가는 애타게 너를 찾던 미수 씨에게 “그런데 엄마는 나를 왜 낳았어?” 하고 묻기도 했다. 지난겨울 코트 주머니에 넣어두고 깜빡 잊어버린 귤을 건네는 듯한 투였다. 귤처럼 노란 질문을 까 하얗게 뒤집으면 이랬다. 그런데 엄마는 왜 나를 지우지 않았어? 다른 사람 같았다면 최대한 대답을 얼버무리며 자리를 피했을지도 모르지만, 네게 깊이 파묻혀 있는 비밀을 손수 파헤쳐볼 권리가 있다고 미수 씨는 생각했다.

쌓인 눈의 무게를 못 이겨 나뭇가지가 하얗게 부러지던 어느 겨울밤이었다. 보험금을 탈 요량으로 전맹 행세를 하던, 종로에서 시각장애인 안마사로 일하던 남자와 홑겹 이불처럼 얇고 추운 밤을 보낸 뒤 몇 주가 지났을 무렵이었다. 남자와 연락이 닿지 않던 미수 씨는 약국에 가서 임테기를 샀고, 변기에 쪼그려 앉아 오줌 줄기를 임테기 흡수부에 겨냥했다. 문제는 한 줄인지 두 줄인지 결과를 '보는' 거였다. 미수 씨는 살면서 두번째로 수치스러웠던 순간으로 그때를 꼽았다. 임신 사실을 가장 먼저 알게 되는 사람이 자기 자신이 아니라는 점에서. 누군가의 눈과 입을 경유해야만 한다는 점에서. 미수 씨는 흰 지팡이 하나만 달랑 챙긴 채 집 근처 공원으로 향했다. 활동 보조사에게 연락을 취할 마음은 없었다. 지금 뭐 하고 있어요? 눈앞에 무슨 일이 펼쳐지고 있는지 알 수 없었기에 미수 씨는 일주일에 세 번 집을 방문하던 활동 보조사에게 "지금 뭐 하고 있어요?" 하고 끊임없이 물어댔고, 그 말들을 자신을 향한 의심으로 해석한 활동 보조사는 이불 빨래를 하다 말고 집을 나선 뒤 다시는 돌아오지 않았다. 미수 씨는 살면서 가장 수치스러웠던 순간으로 그때를 꼽았다. 조금 전까지 함께 있던 사람이 자신이 곧

밤의 반만이라도

떠날 것이고, 다시는 돌아오지 않을 거라는 말 한마디 남기지 않았다는 점에서. 혼자 덩그러니 남겨져 있는데도 남겨졌다는 사실을 모른 채 "지금 뭐 하고 있어요?" 허공에 대고 끊임없이 물어야 했다는 점에서.

공원 벤치에 앉아 적당한 대상을 물색하던 미수 씨는 어디선가 모래성이 무너지는 소리를 듣고 애야, 하고 말했다. 소리가 머리 높이에서 나면 알 만한 걸 아는 어른이겠지만 무릎께에서 났기 때문에 뭣 모르는 코흘리개라는 사실을 쉽게 알아챌 수 있었다. "꼬마야, 내가 문제 하나 내볼까?" 미수 씨는 아이와 눈을 맞추기 위해 눈이 있다고 예상되는 지점을 뚫어져라 쳐다보았다. 시선을 교환하기 위해 애썼다. "이게 몇 줄이니?" 조급함에 못 이겨 자기 패를 까발려버린 그녀는 다급히 질문을 정정했다. "이게 몇 줄이게?" 답이 빤한 질문을 건네받은 아이는 손에 묻은 모래를 훌훌 털면서, 모래 알갱이에 딸려 온 두려움과 불쾌와 자신이 우위에 있다는 사실에서 기인한 흥분까지 가뿐히 떨어내면서 "보면 몰라요? 한 줄이잖아요" 했다. 얼마 뒤 배가 불러왔을 땐 애를 떼기엔 너무 늦은 시점이었고, 너는 그 코흘리개 꼬마 덕분에, 혹은 그 꼬마 탓에 세상의 빛을 볼 수 있었다.

"다운아, 뭐 하냐니까?"

미수 씨가 소리 높였고 우리는 소리 죽였다.

"있지, 아줌마는 너를 진짜 끔찍이 생각하나 봐."

"모르는 소리 마. 엄마는 나를 끔찍하게 생각해."

이내 다운아, 하고 미수 씨가 네 이름을 재차 불렀을 때 너는 있는 힘껏 안쪽으로 웅크렸다. 그 순간 너는 없는 사람처럼 존재하는 게 아니라 없어도 되는 사람처럼 존재하길 원했겠지만, 적어도 내게 너는 없는 사람도 없어도 되는 사람도 아닌 없어선 안 되는 사람이었다. 너와 함께 있을 때면 심장이 빨리 뛰었고, 그건 내 심장에 사랑이 새어 들어왔다는 증거였다. 사랑과 나는 초면, 첫사랑이었다.

그러나 당시 나는 그것을 사랑이라 이름 붙이지 않았다. 그렇다고 사랑을 먹구름이나 귤이나 캐스터네츠라고 바꿔 부르지도 않았다. 내게 사랑은 거시기한 것에 가까웠다. 당시 우리 반에서는 말끝마다 그 단어를 붙이는 게 유행이었다. 부임한 지 꽤 됐을 텐데도 초짜 티를 풀풀 풍기던 담임은 아직 어린 학생들의 눈높이에 맞는 단어가 떠오르지 않을 때마다 "거시기, 그 뭐냐" 하고 중얼거리곤 했다. 낯선 단어가 풍기는 야릇한 낌새를 낚아챈 아이들은 너 나 할 것 없이 거시기! 하고 외쳤다. 이것도 아니고 저것도 아닌, 양쪽에 애매하게 걸쳐진 것들을 지칭하는 참 쓸데 있는 단어.

그런 점에서 내게 사랑은 사랑스러운 것이라기보다는 거시기한 것에 가까웠다.

그래서일까, 새엄마가 더도 말고 덜도 말고 한 달에 딱 118시간만 너희 집을 찾았다면 나는 너를 보고 싶다는 마음으로, 한편으로는 네가 나를 봐주었으면 좋겠다는 마음으로 너희 집을 찾았다. 활동 보조사 자격증을 따기 전까지 모조 귀금속을 팔았다던 새엄마에 따르면 그건 절대 남는 장사는 아니었다. 그러나 나는 너와 함께 있는 동안 내가 늘 너에게 무언가를 받고 있다고 생각했다. 물성이 있어 손에 잡히지 않아도 마음에 오래 남는 무언가를.

주머니에 땡전 한 푼 없어도 네 마음을 사는 데 정신이 팔려 있던 어느 날이었다. 이제 막 겨울이 걸음마를 뗀 12월 초입이었는데도 안방 TV 속에서 맹꽁이가 맹꽁맹꽁 울던 날이었다. 아니, 사실 그 말에는 오류가 있었다. 매일 밤 내가 훔쳐본 다큐멘터리에 의하면 맹꽁이는 맹꽁, 하고 우는 게 아니라 맹 또는 꽁, 하고만 울 수 있었으니까. 한쪽이 맹, 하고 울면 다른 한쪽이 꽁, 하고 울면서 서로의 울음과 침묵과 리듬을 조율했으니까. 혼자서는 절대 자기 자신이 될 수 없는 외롭고 소란한 동물.

그리고 그 순간만큼은 나는 너와 함께 꽁꽁이가 되고 싶었다. 네가 꽁, 하고 울면 내가 꽁, 하고 울고, 내가 꽁, 하고 울면 네가 꽁, 하고 울길 바랐다. 세상 모든 맹꽁이의 이름이 꽁꽁이로 변해버릴 때까지 언제까지고 그렇게 꽁꽁꽁꽁꽁 한바탕 울어젖히고 싶었다. 새엄마가 무슨 꿍꿍이속이냐며 나를 몰아붙이든 말든 내 안에 산처럼 쌓여 있는 울음을 모조리 밖으로 내보내고 싶었다. 그렇게 나를 텅 비우고 싶었다.

"있잖아, 이건 비밀인데."

나는 네 쪽으로 일보 전진하며 말했다. 몸이 닿고 마음이 섞이지 않을 정도로만 적당히 가까워져야 했다.

"응?"

"나는 오늘 하루 종일 네가 보고 싶었어."

비밀이 더 이상 비밀이 아니게 되는 순간.

"그리고 나는 네가 꼴도 보기 싫어."

그날 점심시간에 우리는 경찰과 도둑 놀이를 했다. 뭘 잘못 먹었는지 반 애들이 순순히 우리를 놀이에 끼워주었고, 너와 내게 주어진 유일한 역할은 도둑이었다. 달리기에 소질이 없던 너는 금방이라도 뿔난 경찰에게 붙잡힐 것 같았지만 그런 일은 벌어지지 않았다. 마음 씀씀이가 헤픈 아이들이 너를 봐줬기 때문이었다. 눈 뜨고 보기만 한 게 아니라 봐'주었기' 때문이었다.

간과할 수 없는 또 다른 문제 하나는 내가 도둑이 되고 싶지 않았다는 거였다. 정확히는 도둑만 되고 싶지 않았다는 거였다. 민중의 지팡이와 교활한 쥐새끼. 나는 내 멋대로 두 역할을 동시에 맡기로 결심했다. 양자택일은 개나 주고 양다리를 걸쳤다. 나도 참 이런 내가 싫었다. 아니, 이런 내가 싫은 것 같기도 싫지 않은 것 같기도 했다. 한마디로 반신반의. 그리고 나를 믿든 나를 의심하든, 중요한 건 이런 나 자신을 아무에게도 들키지 않는 거였다. 들킨대도 반만 들켜야 했다. 이런 내 마음을 알 리 없는, 조금 전까지만 해도 죽일 기세로 나를 쫓던 여자애는 돌변한 내 모습에 지레 겁을 먹더니 꽁무니를 뺐고 그러다 제 발에 걸려 우스꽝스러운 폼으로 나자빠졌다.

"지금 뭐 하는 거야!"

어디선가 갑자기 나타난 담임이 세상 떠나가라 소리쳤을 때 나는 지금 내가 뭘 하고 있는지조차 알지 못한다는 점에서 쥐구멍에라도 숨고 싶은 기분이었다. 그러나 암만 주변을 둘러봐도 나를 둘러싼 세상은 탁 트여 있었고, 작디작은 구멍이라곤 찾아볼 수 없었고, 나는 나 자신이라는 쥐구멍에 이 한 몸 기꺼이 숨기고 싶었다. 숨을 곳과 숨길 것이 일치한다는 걸 알게 되는 기분은 뭐랄까…… 참 거시기했다.

"안 되겠다. 부모님 데리고 와."

나 하나 갖고는 부족했는지 담임은 나를 쏘아붙였다.

"저한테는 엄마가 없는데요."

그러나 내가 진실을 내놓았음에도 불구하고 담임은 나를 거짓말쟁이 취급했다. 새엄마는 새엄마고 헌 엄마는 헌 엄마. 새엄마가 암만 오래돼봐야 낡고 오래된 새엄마일 뿐이라는 점에서 나는 억울했지만 거짓말을 일삼는 아이처럼 보여진 것에 내 잘못이 전혀 없다고 할 수 없었다. 나는 궁지에 몰려 있었고, 때로 궁지는 내 둥지나 다름없었다.

그날 거짓말을 한 죄로—정확히는 거짓말쟁이로 보여진 죄로—나는 텅 빈 교실에서 투명 의자를 했다. 의자를 만드는 가장 손쉬운 방법은 여기 의자가 있다고 상상하는 것. 의자의 없음을 눈감아주는 것. 앉은 자세를 유지하느라 몸에서는 땀이 줄줄 흘렸고, 다리가 후들거렸고, 하늘은 서서히 핑 돌며 노래져갔다. 그리고 마침내 내 존재의 무게를 견디고 있던 의자가 무너져 내렸을 때에서야 담임은 "그만 가봐" 하고 말했다. 물론 내 마음은 이미 거기 있지 않았지만.

학교를 나선 뒤 나는 곧장 집으로 향하는 대신 너희 집으로 갔다. 거기서 뭘 했느냐고 묻는다면,「프라

밤의 반만이라도

이드 그린 토마토」나 「델마와 루이스」 같은 영화를 봤
다. 물론 우리 모두가 그것을 '봤다'고 할 수는 없었다.
미수 씨는 네 입을 경유한 장면을 통해서만 그것을 볼
수 있었으니까. 그날 TV 화면 속에는 나와 딴판으로
생긴, 금발에 새하얀 피부를 가진 여자가 등장했고, 우
리는 화면 귀퉁이에 '청소년 미만 관람 불가' 글귀가
선명하게 박혀 있는데도 그걸 모른 체했다. 그러는 것
이 우리에게 유리하다는 걸 본능적으로 알아챘기 때
문이었다. 영화 속에서 여자는 한 남자와 사랑에 빠졌
고, 수심 깊은 사랑에 빠져 허우적거렸고, 한번 사랑에
발을 담근 사람은 함부로 거기서 발을 빼지 못했다. 사
랑에 빠진 이에게 선택지란 그 대상과 하나가 되거나
하나가 되지 못하는 것뿐이었고, 운 좋게도, 혹은 운이
나쁘게도 여자는 남자와 하나가 되었다. 사랑스러우
면서 징그러운 하나의 덩어리. 그리고 그 낯부끄러운
장면을 번역할 때 네가 택한 단어는 '하다'였다.

"지금 둘이 하고 있어요."

목적어를 덧붙이지 않아도 의미가 온전히 전달될
만큼 오염될 대로 오염되어버린 단어. 순간적으로 나
는 거시기 선생과 홍애자 선생이 하는 모습을 그려보
려 했지만 머릿속 도화지는 여전히 텅 빈 채였다. 그림
이 좋고 나쁘고를 떠나 여자끼리 하는 건 애초에 그림

이 되지 않았다.

"다운이 너, 당장 눈 감지 못해?"

너는 분부대로 했고 나는 눈 똑바로 떴다. 미수 씨가 내게는 눈을 감으라고 말해주지 않았다는 사실에 얼마간 상처 입기도 했다. 무엇보다 나는 사람들이 '하다'라는 단어를 내뱉을 때 속으로 은밀히 생각하는 단한 가지 행위를 제외한 모든 것을 너와 하고 싶었다. '하다'라는 말이 그 바깥의 모든 것들을 의미하는 날이 올 때까지 너와 단둘이 하고 싶었다. 나는 너를 끔찍이, 그리고 끔찍하게 생각했으므로.

엔딩 크레디트가 올라가고도 한참이 지난 뒤, 감기 기운이 있는 것 같다는 네 말에 미수 씨는 찬장에서 약을 꺼내 왔다. 알약을 삼키기만 하면 모조리 토해내던 너를 위해 미수 씨는 새하얀 절구에 새하얀 알약을 새하얗게 빻았고, 너는 결코 단 구석이라곤 없을 곱고 흰 가루를 달게 받아먹었다. 왜 단 한 번도 칭얼대거나 울먹이거나 얼굴을 찡그리지 않을까. 입에 쓴 약을 아무렇지 않게 삼키는 너를 보면서 내가 속으로 생각하는 동안 미수 씨는 깜짝 놀라며, 혹은 깜짝 놀란 척을 하며 나를 향해 소리쳤다.

"세상에, 너 아직도 여기 있었니?"

그 순간, 나는 내가 여기 있다는 사실을 가장 효과적

으로 증명하기 위해 최대한 숨죽인 채 침묵이 내 곁을
떠나가지 못하도록 했다.

"너, 거기서 쥐새끼처럼 뭘 하고 있는 거니?"

"아무것도요."

"아무것도? 애는 대체 누굴 닮아서 이렇게 아무것도
모를까."

"네?"

"지금 네가 거기 있는데 대체 뭐가 아무것도 안 하
고 있다는 거야."

그 말과 함께 자리를 뜬 미수 씨는 이내 플라스틱 쟁
반에 사과 한 알과 과도를 담아 왔다. 몇 번 허공을 더
듬었다는 것 빼고는 앞이 보이지 않는다고 생각할 수
없을 만큼 정확하고 민첩한 동작이었다. 그녀는 자기
앞에 너와 나를 앉혀놓고 왼손으로는 사과를, 오른손
으로는 과도를 쥐었다. 그러곤 푸르스름한 사과 껍질
을 얇게 벗겨내는 동시에 자신이 딱 절반까지 썼다던
이야기의 껍질을 깠다. 어느새 너는 내 어깨에 머리를
기댄 채 꾸벅꾸벅 졸고 있었고, 나는 내 손을 꼭 붙든
이야기가 나를 데리고 이 세상에서 실종되어주기를
바랐다. 언제까지? 밤처럼 까만 이야기의 머리카락이
하얗게 세버릴 때까지.

"들어봐. 내가 딱 너 나이만 할 때, 우리 엄마는 고속

도로 휴게소에서 밤을 팔았단다."

내가 "밤이요?" 하고 말하려 들기가 무섭게 미수 씨는 이야기를 이어나갔다.

"그땐 밤이 아주 귀했거든. 날이면 날마다 오는 게 아니었지. '밤이면 밤마다'라는 단어는 애당초 존재하지도 않았고 말이야. 세상 사람들 모두가 조금이라도 더 어두운 밤을 얻어내기 위해 무던히 애썼단다. 어두우면 어두울수록 더 많이 사랑받을 수 있었으니까."

나는 그늘질 대로 그늘진 미수 씨의 얼굴을 바라보았다.

"그거 아니? 사람들은 누구나 밤을 갖고 태어나. 갓난아이 속에 갓 난 어둠이 있는 셈이지. 그런데 사람의 몸속에 밤이 심겨 있는 건 아주 잠깐뿐이야. 보통 사람들은 탯줄처럼 밤과 연결되어 있다가 밤에게 버림받아. 너도 그렇고. 그런데 나랑 내 딸은 버림받지 않았단다. 밤이 우리 안에 뿌리내리기를 선택했고, 내가 계속 밤을 품고 있기를 선택한 거야. 너, 내가 앞이 안 보인다고 눈에 뵈는 것도 없는 여자라고 생각하지? 천만에. 나는 네가 지금 무슨 생각을 하는지, 속에 무슨 꿍꿍이가 들어차 있는지 속속들이 들여다보고 있어. 다 내 밤 덕분이지. 그리고 너도 이미 잘 알고 있겠지만, 이담에 나는 내 딸한테 내 밤을 물려줄 거란다."

그 대목에서 너는 내 어깨에 기대둔 머리를 떼더니 "깜빡 잠들어버렸네" 하고 중얼거렸다. 아까부터 깨 있었으면서 뻔히 들여다보이는 거짓말을 했다. 그러거나 말거나 미수 씨는 못다 한 여분의 이야기를 깔때기를 통과하는 검고 끈적한 액체처럼 내 귓속으로 흘려보냈다.

"그러니 다운이 옆에서 얼쩡거리는 건 이제 그만해. 그러기에 너는 너무 환하니까."

"그런데 있잖아요, 아줌마."

"왜 그러니?"

"아줌마는 사람 잘못 봤어요. 나한테도 있어요, 나만의 밤이."

"틀림없니?"

"네, 틀림없어요."

하지만 내 수중에 '틀림없이'라는 패가 들어온 적은 살면서 단 한 번도 없다는 걸 나는 알고 있었다. 어떻게 알았냐면 그냥 그렇게 됐다. 어느 날 연필 꽁지에 달린 지우개를 잃어버리듯이. 시간이 훌쩍 지나 스물아홉이 되어 철 지난 외투 주머니 속에 들어 있던 지우개를 발견하듯이. 지우개 똥으로 만든 지우개를 살살 문지르면 지우개 똥이 새살처럼 돋아나듯이.

"아줌마, 그거 알아요? 우리 엄마, 그러니까 새엄마

말고 내 진짜 엄마는 꽁꽁이었어요. 안방 침대 위에서 어떤 여자랑 꽁꽁꽁꽁꽁 울어대는 걸 내가 다 봤어요. 봐버렸어요."

겉과 속이 다르다는 걸 내보여서 좋을 게 하나 없다 한들 나는 내가 꽁꽁 싸매놓은 본색을 잠시 그녀에게 드러내볼 작정이었다. 빨주노초파남보. 일곱 색깔 크레파스로 바탕을 칠한 뒤 온통 까맣게 뒤덮어버린 도화지를 끝이 날카로운 사물로 긁어내는 것과 흡사했다. 알다시피 상처는 때로 가장 훌륭한 붓이었으니까. 그러나 거실에서 울려 퍼진 쨍그랑 소리에 모든 일은 미수에 그쳐버리고 말았다. 정신을 차려보니 내 옆자리를 지키고 있던 너는 어디론가 사라져 있었고, 미수 씨는 날 선 눈빛으로 허공을 쏘아보면서 "내가 못 살아! 내가 너를 아주 반 죽여놔야겠어?" 하고 소리쳤다.

"있잖아요. 그거, 저도 한번 해보면 안 돼요?"

"뭘 말이니?"

"방금 아줌마가 그랬잖아요. 반 죽여놓겠다고. 저도 눈 딱 감고 반만 죽어볼게요. 다운이 옆에도 딱 반만 같이 있을게요. 그럼 다 괜찮은 거죠?"

반만 죽겠다는 말은 반만 살겠다는 말과 동의어일까, 아님 반의어일까. 반만 좋아한다는 말은 반만 미워한다는 말과 동의어일까, 아님 반의어일까. 반쪽짜리

삶과 사랑을 간절히 바라면 바랄수록 몸과 마음에 피가 도는 아이러니. 이를테면 그건 성장의 느낌이었고, 나는 내가 나도 모르는 사이 조금씩 자라나고 있다는 사실이 유쾌하고 상쾌하고 통쾌하고 경쾌하면서도 참을 수 없을 만큼 불쾌했다.

조금 뒤 미수 씨는 작고 주름진 내 손에 매끈하게 잘 깎인 사과 한 조각을 쥐여주며 말했다.

"너 그거 아니? 밤에 먹는 사과는 독이나 다름없다는 거. 그러니 오늘 밤은 이걸로 끝, 다 끝났으니까 어서 집으로 돌아가. 근데 너, 설마 내가 한 말을 곧이곧대로 믿는 건 아니겠지? 방금 내가 말한 건 다 거짓말이야. 거짓말은 거짓말인데 감쪽같은 거짓말. 뭐 하니 너? 어서 먹지 않고."

아. 나는 고작 몇 분 사이 거짓말처럼 갈변된 사과를 꼭꼭 씹어 먹었다. 떫고 신, 한마디로 틀려먹은 맛이었다.

*

"애가 아직 어려서 뭘 몰라서 그래."

사람들은 종종 어린아이에게 그렇게 말하곤 하지만, 그건 정말이지 모르는 소리다. 어린아이는 자신이 어떤 세계를 마주하고 있는지 모르기 때문에 오히려 세계를 더 깊이 들여다볼 수 있다. 예컨대 너는 맹꽁이가 멸종 위기종이라는 사실을 알고 있는 사람이었고 언제 어디서건 여자끼리 뭔가를 했다가는 사람들의 표적이 된다는 걸 알고 있는 사람이었고 부모에게 물려받을 거라곤 다정한 병病뿐이라는 사실을 알고 있는 사람이었다. 내가 너의 눈이 되어줄게. 그 말을 내뱉는 순간 내가 네가 아닌 너의 너머를 보고 있었다는 걸 알고 있는 사람이었다. 무엇보다 어느 겨울날 아침, 미수 씨가 보물찾기를 하러 가자고 했던 이유를 알고 있는 사람이었다.

　그날 도시락을 싸기 위해 꺼내 든 계란에는 눈이 내린 듯 새하얀 곰팡이가 점점이 피어 있었다. 여기 곰팡이가 생긴 것 같다는 내 말에 너는 별것 아니라는 듯 프라이팬 가장자리에 껍질을 깨려 했고 미수 씨는 네가 그러지 못하게 했고 나는 이러지도 저러지도 못한 채 둘 사이에 어정쩡하게 서 있었다. 그러나 이러지도 저러지도 못하는 사람도 결국은 이것과 저것 중 하나를 택해야 하기 마련이었다. 그때 네가 내게 단단히 등 돌린 이유도 그 때문이었다.

　"네가 본 걸 있는 그대로 말해봐."

　코와 볼이 빵빵한 게 영락없이 뽕뽕이를 빼닮은 남

자애의 만년필이 사라진 날, 담임은 아프다는 핑계로 체육 시간에 너와 단둘이 교실에 남아 있던 내게 추궁하듯 물었다.

있는 그대로.

기억을 더듬어보자면 우리는 교실 책상에 나란히 앉아 있었다. 사랑을 연필로 쓰고 있었다. 경찰과 도둑 놀이에 빠진, 뭉치면 죽고 흩어지면 사는 창밖 풋내기들을 내려다보고 있었다. 공교롭게도 교실엔 우리 둘뿐이었다. 보는 눈이 하나도 없었으므로 너는 뿡뿡이의 책상 서랍 깊숙이 처박혀 있던 만년필을 꺼내 들었다. 사랑을 만년필로 쓰려 했지만 그새 잉크가 굳었는지 종이에는 아무것도 묻어나지 않았다.

"우리, 같이 해볼까?"

너는 장난스레 말했고 나는 못 들은 체했고 너는 그런 나를 조용히 눈감아주었다. 이윽고 네가 내 쪽으로 무너지듯 몸을 기울이려던 순간 나는 말했다.

"금."

여기까지가 있는 그대로에 가까운 일이었지만 '있는 그대로'라는 건 애당초 이 세상에 존재하지 않았다. '있는'과 '그대로'는 절대 짝이 될 수 없었다. 이 세상의 있음이란 내가 본 것이 아니라 내가 보려 하지 않은 것과 더 잘 어울리곤 했으니까. 그렇기에 나는 이렇게 말할 수밖에 없었다.

"다운이는 범인이 아니에요. 저랑 여기 꼼짝없이 앉아 있었는걸요. 다른 애들 책상에는 정말 얼씬도 하지 않았어요. 믿어주세요."

거짓말은 거짓말인데 진짜 같은 거짓말. 왜인지 그날부로 내게 잔뜩 화가 난 너는 며칠 동안이나 나를 본체만체했다. 한 번만 봐주면 안 되느냐고 내가 암만 사정해도 묵묵부답이었다. 아빠가 헌 엄마의 실종을, 새엄마가 아빠의 외도를 묻고 살아갔듯 너 역시 내 잘못을 묻어줄 수 있었을 텐데 그러지 않았다. 묻고 산다는 것. 그건 살면서 다시는 꺼내 보지 않을 보물을 마음속 깊은 곳에 묻어두는 행위나 다름없었다. 그러나 대부분의 사람은 자신이 보물을 묻어두었다는 사실을 평생토록 잊지 못하기 때문에 기어이 그것이 파묻혀 있는 장소를 다시 찾아 나서곤 한다.

열세 살에서 열네 살로 넘어가던, 열세 살의 뼈 자라는 소리가 밤마다 악몽처럼 울려 퍼지던 겨울, 나는 너와 함께 보물찾기를 하러 간 적이 있다. 여기서 잠시 스포일러를 하자면, 이야기를 본격적으로 시작하기도 전에 이야기를 완전히 망쳐버리자면 그날 우리는 우리가 숨겨둔 보물을 찾지 못했다. 않았다. 섣불리 시작하긴 했으나 끝에 다다르지는 못한 반쪽짜리 여정. 그러니까 지금부터 펼쳐질 이야기는 나의 실패담인 셈이다.

 준비물: 숨길 보물, 돗자리, 계란만 달랑 넣은 계란 샌드위치, 보물을 찾아 헤맬 마음.

 날이 너무 추워서 수도꼭지가 얼세라 물을 더도 말고 덜도 말고 한 방울씩 틀어둬야 하는 날이었다. 소풍이나 나들이를 가기에 좋지 않은 날이었고, 그럼에도 불구하고 우리는 산을 올라보자는 결코 좋지만은 않은 결정을 했다. 원래대로라면 새엄마까지 함께하기로 한 여정이었지만 고속도로에서 차가 급발진해 가드레일을 들이받는 바람에 새엄마는 병원 신세를 지는 중이었다. 입 밖으로 꺼내진 않았지만 나는 새엄마가 어떻게든 아빠의 눈에 밟히기 위해 허튼수작을 부린 게 아닐까, 속으로 생각하기도 했다. "제가 병문안이라도 갈까요?" 내 말에 새엄마는 마음에도 없는 소리 말라면서, 이제 곧 중학생이 되는 애가 딴 데 한눈팔지 말고 공부나 열심히 하라고 했다.

 "너 그러다 다운이처럼 된다."

 그 무렵 새엄마는 종종 내게 이렇게 말하곤 했다. 내가 너와 뭘 하겠다고 입도 뻐끔 안 했는데 그랬다. 그리고 너처럼 된다는 게 무엇일지 생각하다 보면 나도

84

모르는 사이 눈앞이 온통 캄캄해졌다. 캄캄하면 캄캄한 대로 나는 늘 너를 생각했고, 네가 어떤 사람이었나, 하고 생각하는 건 곧 내가 어떤 사람이었나, 하고 생각하는 것과 다름없었다. 한때 너는 나를 가장 잘 비춰주는 사람이었으므로. 하지만 스물아홉과 달리 열셋은 언제라도 발을 뺄 수 있는 나이였다. 안 될 것 같으면 언제 그랬냐는 듯이 왔던 길을 되돌아가 딴 길로 들어설 수 있는 나이였다. 사랑을 연필로 쓴 탓이었다. 덕분이었다.

당시 너는 앞두고 있는 게 많았다. 초등학교 졸업을 앞두고 있었고 맹학교 진학을 앞두고 있었고 나빴던 한쪽 눈의 시력이 그나마 덜 나빴던 나머지 한쪽 눈에까지 옮아가 완전한 실명을 코앞에 두고 있었다. "이제 그만 희망을 버리는 게 좋겠습니다." 빛 한 줌 없는 의사의 말을 희망을 버리라는 뜻으로 잘못 알아들은 나는 마음속에 칼 한 자루를 품은 채 너라는 언덕에서 내려올 채비를 하고 있었다.

"얘, 안 오고 뭐 하니."

겨울이라는 단어조차 얼어붙을 만큼 추운 겨울날이었다. 누가 모녀지간 아니랄까 봐 미수 씨는 보랏빛이 도는 인조가죽 코트를, 너는 자주색 점퍼를 맞춰 입었고, 나는 지금이라면 줘도 안 입을, 위아래로 온통 촌스럽고 철 지난 초록색 계열의 옷차림새였다.

언제나처럼 미수 씨는 흰 지팡이로 탁타탁탁, 땅을 짚으며 나아갔다. 도레미파솔라시도. 어떤 돌멩이를 때릴 때에는 앞의 '도' 소리가 났고 어떤 나무를 때릴 때에는 뒤의 '도' 소리가 났다. 탁, 하고 무언가 부서지는 소리가 들린 건 내가 열다섯 걸음 좀 안 되게 뒤처졌을 때였다. 나는 있는 힘껏 속도를 높여 너희 모녀와 열을 맞췄다. 옆을 돌아보니 나무둥치와 돌멩이 틈새에 박힌 미수 씨의 흰 지팡이 끝부분이 맥없이 꺾여 있었다. "이를 어째." 느낌표처럼 일직선으로 쭉 뻗은 지팡이가 어느새 각진 물음표 모양으로 휘어져 있는 걸 알아챈 미수 씨가 말했다.

"세상에. 이거 완전히 못 쓰게 돼버렸네."

완전히 못 쓰게 된 지팡이와 그럼에도 계속 앞으로 나아가는 이야기. 나는 미수 씨가 흰 지팡이 없이는 한 발짝도 걸음을 옮길 수 없을 거라고 생각했지만 그건 오산이었다. 이를 어쩜담. 미수 씨는 잠시 이렇게 중얼거렸을 뿐 이내 우리에게 적당한 굵기와 길이의 새 나무 막대기를 구해 오라는 명령을 내렸다. 내게 주어진 선택지란 그녀의 말을 따르거나 거스르거나 둘 중 하나였고, 나는 분부대로 했다.

우리는 나뭇가지를 서로의 손가락에 대보면서 굵기

를 가늠하고 서로의 키에 맞춰보면서 길이를 가늠했다. 그리고 딱 이거다 싶은 나무 막대를 발견했을 때쯤 하산하던 노부부와 정면으로 마주쳤다. 아. 몸이 부딪치지 않았는데도 나는 아, 소리를 냈다. 꼴값 좀 떨었다.

"너 괜찮니?"

둘도 없어 보이지만 결코 하나라고도 볼 수 없는 그들은 형광색 등산복 주머니에 손을 넣더니 그 좁고 네모난 공간이 이곳이 아닌 다른 세상과 이어져 있기라도 하다는 듯 오래도록 뒤적거렸다. 이윽고 주머니 속에서 빠져나온 건 더도 말고 덜도 말고 귤 하나였다.

"아가, 이거 먹어가면서 하렴."

아직 설익었는지 꼭지 부분이 푸르스름한 귤 한 알을 손에 쥔, 얼굴에 검버섯과 주름이 그득한 게 서로를 쏙 빼닮은 그들은 우리가 뭘 하고 있는지조차 잘 모르면서 허허허 웃어 보였다. 사람 좋은 웃음이었지만 좋은 사람일지는 미지수였다.

세상에 공짜는 없단다.

그건 새엄마가 내게 건넨 말 중에 지금까지도 가장 쓸모 있는 말이었다. 세상에 공짜는 없었고, 무언가 나눠 받기 위해서는 그에 마땅한 대가를 치러야 했다. 돈으로 안 되면 몸으로, 몸으로 안 되면 마음으로 때워야

했다. 이번에는 뭐로 때우게 될까. 아. 나는 눈 딱 감고
귤을 건네받았다.

"나는 너희가 날 버리고 간 줄 알았지 뭐니. 그 뭐야,
고려장처럼 말이야."

적당한 나무 막대를 구해 가져갔을 때 미수 씨는 전
혀 버림받은 사람이라고는 볼 수 없는 얼굴로 이렇게
말했다.

"그걸 원하시는 거면 그렇게 한번 해볼게요."

내 말에 미수 씨는 "하여간 너는 속도 참 깊구나."
호수에 돌멩이 하나를 툭 던지듯 말했다. 문제는 내 속
이 그녀가 생각한 것보다 훨씬 더 깊다는 거였다. 돌멩
이를 도로 찾아 쥐기 위해 발을 담그면 발끝이 바닥에
닿지 않을 정도로. 이를테면 그 무렵, 속이 깊어도 너
무 깊은 나는 겉으로는 보송보송하게 서서 아무것도
안 하고 있는 것처럼 보여도 속으로는 늘 수심 깊은 호
수에 빠진 채 허우적거리고 있었다.

이내 가까스로 내 안에서 헤엄쳐 나온 나는 주머니
에 찔러 넣은 한쪽 손으로 계속 귤을 주물렀다. 헌 엄
마가 말하길 귤은 주무르면 주무를수록 달아지는 과
일이었다. 귤을 주무르면 손에서는 귤냄새가 나고 귤
에서는 손냄새가 나고 그건 마치 작은 포옹 같았다. 겨

울엔 귤이 제철이라면 열세 살에는 뭐가 제철일까. 손에 잔뜩 밴 귤냄새를 맡으며 귤이 얼마나 달아졌을지 상상하는 동안 나는 바보 같게도 준비물을 두고 왔다는 사실을 깨달았다. 소중한 것. 놓칠 수 없는 것. 무슨 일이 있어도 절대로 잃어버리면 안 되는 것. 미수 씨는 이 세 가지 조건에 부합하는 것을 잊지 말고 챙기라고 했고, 나는 그만 그걸 까맣게 잊어버렸다.

"어떡하죠? 집에 다시 갔다 올까요?"

나는 빵 부스러기를 이정표 삼아 제 갈 길을 갔던 동화 속 코흘리개들처럼 혼자서도 너끈히 집으로 돌아갈 수 있다는 듯 의기양양하게 말했다. 그러나 미수 씨는 그럴 필요 없다는 얼굴로 먼 허공을 응시하면서 "비가 오는구나" 할 뿐이었다.

비가 왔을 때 사람들의 반응은 대개 둘로 나뉘었다. 비를 맞거나 비를 피하거나. 그러나 미수 씨와 너는 그 사이에 어중간하게 걸쳐 있는 사람이었다. 나무 그늘에 얌전히 몸을 맡기면 잠시나마 비를 피할 수 있을 텐데 미수 씨는 우산이 있으면서도 쓰는 둥 마는 둥 한 채 끝없이 앞으로 걸었다. 젖어도 되는 옷이 아닌 것 같았는데도 옷이 젖어드는 걸 아랑곳하지 않았다. 발이 나무뿌리에 차이고 진창에 빠져 종종 멈춰 서기도 했지만 가만 서 있는 동안에도 두 다리는 곧장 나아갈

밤의 반만이라도

준비를 하고 있었다. 앞으로 나아가면 갈수록 무언가 자꾸 나를 잡아당기는 느낌.

이 세상 바깥에서 우리를 내려다본다면 우리는 비를 피하는 사람처럼 보일까, 비를 맞는 사람처럼 보일까, 아니면 비처럼 보일까.

비는 그칠 생각조차 하지 않았고, 우리는 물에 젖은 나뭇가지와 낙엽을 모아 불을 지펴볼 작정이었다. 어디에서 났는지 미수 씨는 주머니에서 라이터를 꺼내 들었다. 수차례 부싯돌을 튕겼지만 불은 좀처럼 붙지 않았고 붙었다 한들 금세 꺼져버렸다. 빗물을 머금은 계란샌드위치에서는 불길하고 역한 냄새가 났다. 나는 옥, 하고 숨을 참았다. 숨을 참으면 숨이 잘 쉬어지지 않고, 사실 숨이 잘 쉬어지지 않는 건 내 안에 너 있기 때문이었다. 쓰레기로 포화 상태인 매립지처럼 내 안이 온통 너로 꽉 차 있기 때문이었다.

"무서워요."

너무나도 무서웠기에 나는 용기를 내어 무섭다고 말했다.

"뭘 했다고 무서워."

"그냥, 전부 다 무서워요."

그 무렵 나는 나를 둘러싼 모든 것들이 무서웠다. 과학 시간에 손수 배를 가른 개구리, 투명 의자, 향수 향과 한데 섞인 쓰레기 냄새…… 정확히는 시간이 흘러도 무서움이 사라지지 않을까 봐 무서웠다. 무서움을 열었는데 그 안에 또 다른 무서움이 들어 있을까 봐 무서웠다. 밤이 지났는데 그 뒤에 또 다른 밤이 도사리고 있을까 봐 무서웠다. 다른 여자와 눈 맞춘 죄로 아빠에게 매 맞던 헌 엄마가 꽁꽁꽁 울지 않고 엉엉엉 울었단 걸 똑똑히 봤기에 무서웠다. 너의 나쁨과 나의 나쁨이 한데 어우러질까 봐, 그렇게 평생 무서움과 짝지어 살게 될까 봐 무서웠다.

반면 미수 씨는 대수롭지 않다는 듯 "그래?" 하더니 무서울 때는 무서운 게 직방이라고, 자기가 무서운 얘기를 하나 해주겠다고 했다. 무서움의 최대치를 향해 자신을 몰고 가다 보면 어느새 그 어떤 것도 무섭지 않은 순간이 올 거라고.

그리고 지금 여기, 나 말고는 딱히 무서울 게 없는 스물아홉의 나는 종종 열세 살의 내게 "그 정도 무서움쯤은 아무것도 아니야" 속삭여주곤 한다. 기꺼이 나 자신의 스포일러가 된다. 그 말 덕분인지 그 말 탓인지, 열세 살의 나는 말했다.

"무섭지만 한번 들어볼게요."

"얘, 그럼 못써. 무섭지만 들어보는 게 아니라 무서운 채로 들어봐. 알겠니?"

그러나와 그리고. 당시 나는 둘의 차이를 제대로 인지하지 못했음에도 네, 속으로 대답했다. 미수 씨는 우리를 둘러싼 침묵이 어떤 의미인지 연연하기보다 서둘러 자신의 이야기를 부려놓았다. 애석하게도 이야기는 거기서 끝나버렸다. 이야기꾼이 이야기를 멈춰서가 아니라 이야기에 귀 기울이던 사람이 자리를 떴기 때문이었다. 그녀가 혼자만의 이야기 속에서 비를 피하는 동안 너는 내 손을 잡아채 빗속으로 나를 이끌었다. 나는 뭐 하는 거야, 속으로 생각하면서도 그 말을 차마 입 밖으로 내뱉지 못했다.

"지금 뭐 하는 거야?"

한참이나 걸음을 옮긴 뒤에야 내가 물었고, 너는 아무런 답도 하지 않았다. 하늘을 올려다보니 진녹색 우듬지와 우듬지가, 연둣빛 잎사귀와 잎사귀가 서로 거리를 벌린 채 우수수 흔들렸다. 어디선가 멧비둘기가 멧돼지처럼 까맣게 울었다. 연보라색 먹구름이 꼭 물에 젖은 솜사탕 같았다. 구름 뒤에 숨은 노란 해가 보일락 말락 했다. 춥고 목이 탔다. 빛과 달리 섞으면 섞을수록 어두워지는 색. 너는 내 손을 잡아끈 채 계속 앞으로 나아갔고, 이윽고 우리는 두 갈래 길에 다다랐다. 너는 어느 한쪽 길을 선택하기보다 더 이상 길이 없으니 들어오지 말라는 팻말이 박혀 있는 진입 금지 구역 쪽으로 걸음을 옮겼다. 사람이 다니지 않는 길로 들어섰으므로, 그길로 우리는 길을 잃어버리게 되었다.

"어떡해. 길을 잃어버렸나 봐."

나는 혹시라도 네가 그 사실을 모르고 있을까 봐, 앞일을 전혀 생각하지 않고 이런 짓을 벌인 걸까 봐 네게 넌지시 "우린 이제 혼자야" 하고 말했다. 그리고 생각했다. 만약 우리가 이대로 실종되기라도 한다면 세상은 어떻게 될까. 속수무책으로 무너져 내릴까. 아무 일도 없었다는 듯 멀쩡히 잘 돌아갈까. 네가 없는 세상은 네가 있는 세상보다 밝고 환할까. 내가 무서움에 떨고 있던 반면 너는 당장 우리에게 닥친 상황이 조금도 무섭지 않은 것 같았다. 그래 보였다. 마치 네가 길을 잃어버린 게 아니라 길이 너를 잃어버린 듯 굴었다.

그렇다면 나는 어때 보였을까? 내가 떨고 있다는 걸 느끼기라도 했는지 너는 괜찮다고, 다 괜찮아질 거라고 내 손을 붙들며 말했다.

"너한테는 내가 있잖아."

나한테 네가 있어서 나는 종종 더 혼자 같았다.

그렇게 혼자가 돼버린 우리 앞에는 커다랗고 움푹한, 한 사람이 들어가기에 적당한 크기의 구덩이가 있었다. 아니, 자세히 보니 그건 구덩이가 아니라 무덤이었다. 무덤은 무덤인데 속이 파헤쳐져 아무것도 묻혀

밤의 반만이라도

있지 않은 무덤. 글씨가 흐릿해지긴 했지만 분묘 이장 안내 팻말에는 '무연분묘'라는 단어와 함께 연고자의 연락을 기다린다는 문구가 깨알같이 박혀 있었다. 무연분묘. 무슨 뜻인지 정확히 알지는 못해도 나는 그 단어가 어딘가 쓸쓸해 보인다고, 짝 안 맞는 양말이나 장갑처럼 외따로 혼자 남겨진 낱말 같다고, 무엇보다 너와 나 같다고 생각했다. 나는 주머니 속에 넣어둔 귤을 계속 주물렀다. 얼마나 주물러댔는지 껍질이 살짝 터진 귤에서 끈적한 즙이 새어 나왔고, 손에 귤 물이 스며들었고, 그 느낌이 참을 수 없을 만큼 불쾌했지만 아랑곳하지 않았다.

"있잖아, 미숙이 너 그거 알아?"

"알아."

"진짜? 뭔데?"

"몰라."

"뭐야, 그럼 나도 모를래."

"아 씨, 너 나 따라 하지 마."

너는 말없이 고개를 푹 숙이더니 깽깽이 걸음으로 무덤 주위를 몇 바퀴 돌았다. 나는 그런 너를 눈으로 좇다가 비에 젖은 수풀 사이를 헤집고 섰다. 숨을 생각은 아니었는데 나도 모르게 숨어버렸다. 초록 수풀과 하나가 된 초록 사람. 눈에 띄지 않을수록 보호받는 느

낌. 너는 그런 나를 코앞에 두고는 "너 어디 있어?" 초
짜처럼 소리 높였다.

"나 여기 있어."

"어디?"

"여기 있다니까."

장난치지 말라면서 울먹이던 너와 그런 너를 바라
만 보던 나. 그제야 나는 수풀 밖으로 나와 "한 번만 봐
줘" 하고 너를 달랬다. 그리고 한참 시간이 지난 뒤에
야 울음을 그친 너는 다시는 그런 짓을 하지 말라고 화
를 내거나 이제 그만 미수 씨에게 돌아가자며 걸음을
옮기는 대신 이렇게 말할 뿐이었다.

"우리, 여기에서 해볼까?"

목적어가 쏙 빠진 문장을 넘겨받은 나는 "뭘 말이
야?" 멍청하게 되물었다.

"여기까지 왔는데 해야지, 그거. 보물찾기."

너는 마구 파헤쳐진 무덤 쪽으로 성큼 다가서더니
검은색 천으로 꽁꽁 싸맨 물체를 그 안에 내려놓았다.
그러곤 사람들이 손쉽게 보물을 찾지 못하도록 흙이
나 젖은 낙엽이나 나뭇가지로 그것을 숨기는 대신 그
대로 내버려두었다. 지나가는 사람 누구든, 땅을 보며
걷는 사람이나 하늘을 보며 걷는 사람이나 뒤돌아보
며 걷는 사람이나 모두 눈 감고도 찾을 수 있을 정도로

보물은 무방비하게 노출되어 있었다. 제대로 숨기지도 않았는데, 군이 찾아 헤맬 필요도 없이 눈앞에 떡하니 있는데 이게 무슨 보물찾기냐고, 나는 쏘아붙였다.

"알면서." 손바닥에 묻은 진흙을 질척하게 떨어내며 네가 말했다.

어떤 끝은 소리 없이 잠잠하게, 엷은 도화지에 물감이 번지듯 아스라이 시작되기도 한다. 또 시작이구나, 하고 생각할 새도 없이 끝나버리곤 한다. 어느새 비는 그쳐가고 있었고, 물에 젖은 솜사탕 같은 구름 뒤에 숨어 있던 해가 빼꼼 고개를 내밀었다. 그런데 물에 젖은 솜사탕이란 게 이 세상에 존재할 수 있는 걸까?

미수 씨가 다급히 네 이름을 부른 건 비가 그치고 밤이 조금 더 깊어진 무렵이었다. 그녀는 우리가 구해다 준 나무 막대는 얻다 버려뒀는지 좀 전에 자신이 부러뜨린, 끝이 물음표처럼 곡선으로 휜 지팡이를 그러쥐고 있었다.

내려가는 길에는 네가 앞장섰고, 불과 몇 시간 전 우리가 불을 지피려 모아둔 낙엽과 나뭇가지 잔해를 지나칠 즈음 어디선가 총소리가 연달아 울려 퍼졌다. 아니, 그건 산 너머에서 들려오는 불꽃놀이 소리 같기도 했다.

"어디서 누가 총을 쏘나 봐요. 빵, 빵, 빵."

너는 말했고, 왜일까 네가 그 소리의 정체를 총소리라고 주장하면 할수록 나는 그게 불꽃놀이 소리일 것이라 확신하게 되었다. 나는 검지로 하늘을 쿡쿡 찔러대며 "저기 저것 좀 봐" 했다. 높다란 산등성이에 가려져서인지 애초에 불꽃놀이가 아니었기 때문인지 불빛 비슷한 거라곤 하나도 보이지 않았음에도 그랬다. 그 순간 나는 주머니에 손을 찔러 넣은 채 애타게 귤을 주무르고 있었고, 귤이 얼마나 달아졌는지 확인하기 위해 껍질을 까보려 마음먹었다가 먹은 마음을 도로 토해냈다. 돌멩이를 던진 호수에 물결이 일듯 속이 울렁거렸다. 심호흡과 천호흡을 수차례 왕복했다. 얕았다가도 금세 깊어지는 숨, 시간, 슬픔. 왜인지 그 순간은 무척이나 길게 느껴졌다. 누군가 우리를 둘러싼 시간을 오선지의 줄처럼 길게 늘어뜨려놓은 것 같았다. 보이지는 않았지만 소리로 미루어봤을 때 불꽃놀이는 절정에 다다르기 일보 직전이었다.

"저기 좀 봐!"

저길 좀 보라고 재차 말하면서도 나는 질끈 눈을 감았다. 떴다. 다시 감았다. 눈을 감아도 네가 잘 보이지 않았다. 한 번 보고 두 번 보고 자꾸만 보고 싶지 않았다. 실종 신고라도 해야 할 판이었다. 언제 어디서 누가 어떻게 왜 행방불명됐나요? 누군가 물어본다면 그저 이렇게 대답할 수밖에. 사랑.

집에 돌아와 덜 마른 옷을 허물처럼 벗어 던진 뒤, 나는 병원에 꼼짝없이 갇혀 있을 새엄마에게 전화를 걸었다.

"그래, 오늘 재미 좀 봤니? 아무 일도 없었고?"

목소리로 보건대 그녀는 기분이 무척 가라앉아 보였다. 오늘 비가 많이 와서 아주 혼났다는 내 말에 새엄마는 "그래? 이상하구나." 어딘가 못마땅한 듯 말하더니 자신이 있는 곳에는 비가 한 방울도 오지 않았다고 했다. 그날 밤은 유독 어두웠고, 나는 암만 우리가 같은 세상 아래 있더라도 내 밤이 그녀의 밤보다는 환할 것이라 확신했다.

"어쨌든 별일 없었던 거지?"

마치 별일이 있었기를 바라기라도 한 듯한 새엄마에게 나는 대답했다.

"네, 엄마."

그러나 정말 그날 우리에겐 아무 일도 없었던 걸까? 나는 반신반의하지 않고, 아주 분명하게 알고 있었다. 밤사이 아무 일도 일어나지 않았지만, 우리 각자의 밤 사이에는 커다란 틈이 생겨났다는 것을.

*

　여전히 미숙한 어른이, 이름값을 하는 스물아홉이 되고 나서 나는 너를 만난 적이 있다. 미수 씨의 장례식 날이었다. 새엄마에게 부고를 전했을 때 그녀는 프라이팬 가장자리에 계란을 깨뜨리며 "오늘은 어떻게 해줄까?" 하고 물었고, 나는 말했다.

　"늘 하던 대로요."

　살면서 나는 종종 익어가지 못하는 것이 어떤 의미인지 골몰하는 데 마음을 쓰곤 한다. 그 무렵 아빠가 일하던 쓰레기 매립지는 근린 야생화 단지로 탈바꿈했고, 산처럼 쌓여 있던 쓰레기들은 모조리 땅 밑으로 파묻혀버렸다. 보이지는 않았지만 그렇다고 완전히 없어진 것도 아니었다. 연필을 깎으면 몽당연필이 남고 몽당연필을 깎으면 몽당연필의 없음이 남듯이.

　반쪽짜리 사랑이 제철이던 생애 열세번째 겨울이 지나고, 새엄마가 활동 보조사 일을 그만두게 된 데다가 내가 서울의 중학교에, 네가 맹학교에 진학하게 되면서 우리는 자연스레 서로에 대한 마음을 접었다. 아주 잠깐이긴 하지만 한때 나는 우리의 마음이 한 마리의 나비 같다고 생각한 적이 있었다. 그냥 나비가 아니라, 한쪽에만 물감을 칠한 도화지를 반으로 접은 뒤 펼

　　　　　　　　　　　　　밤의 반만이라도

쳤을 때 너울너울 날아오르는 까맣고 환한 나비.

장례식장에서 다시 만난 너는 "진짜 보고 싶었어"나 "우리 마지막으로 본 게 언제더라?" 같은 하나 마나 한 소리로 침묵을 메꾸는 대신 다짜고짜 제일 마지막으로 울어본 게 언제냐고 물었다. 자신은 오늘이라고 했다. 그러니까 네 눈물이 터진 순간은 염을 하며 뽀얗게 분칠된 네 엄마의 얼굴에 손댔을 때였다. "어머님의 용안에 눈물이 떨어지면 편히 가실 수 없으니 주의해주시길 바랍니다." 장의사의 말이 떨어지기가 무섭게 너는 눈에서 눈물을 떨궜다. 엉엉엉 울음을 쥐어짜면서 죽은 이의 얼굴이라는 과녁에 눈물을 겨냥하면서 너의 엄마가 되도록 편치 않게, 조심히 어렵게 가기를 바랐다.

전등이란 전등은 죄다 켜두었는데도 다소 어두컴컴한 식장에서 너는 오른손에 흰 지팡이를 쥐고 이리저리 쏘다녔다. 편육이나 동그랑땡이 든 일회용 접시를 한 손에 세 개씩 들고 이곳저곳을 활보했다. 턱이 있으면 턱을 넘어가고 사람이 있으면 사람을 비켜 가고 아무것도 없으면 아무것도 피해 가지 않았다.

동그랑땡을 네모나게 잘라 먹다 말고 너는 "같이 어디 가볼 데가 있어" 하고 비밀스럽게 속삭였다. 오래전 미수 씨가 그랬듯이 흰 지팡이를 쥔 너는 탁타탁탁,

일정한 리듬으로 땅을 터치하며 걷다가 장례식장 뒤편을 향해 길게 뻗은 길로 나를 이끌었다. 가끔 자전거나 볼라드나 흐드러진 나뭇가지가 앞을 가로막을 때면 "아 씨!" 하면서도 이내 그것을 비켜나 네 앞에 펼쳐진 풍경 속으로 유유히 걸어 들어갔다. 너는 선형 타일 위에서는 거침없이 걸었고 점형 타일 위에서는 고민 없이 멈췄고 난데없이 점자 블록이 끊겨 있는 곳에서도 당황하거나 허둥대지 않고 걸음을 옮겼다. 나는 네가 내는 탁타탁탁 소리에 발을 맞춰 걸어보려 하다가도 자꾸만 그 리듬에서 벗어나 혼자 앞서거나 뒤서며 너와 거리를 벌렸다.

얼마쯤 걸음을 옮겼을 때 너는 "여기쯤일 텐데" 하고 혼잣말을 했다. 분명 여기에 뭔가를 숨겨두었다는 거였다. 너는 기억을 더듬는 동시에 흰 지팡이를 쥐고 있지 않은 손으로 옆의 건물을 조심조심 더듬었다. 진입 금지 안내문이 붙어 있는 펜스를 잠시 살피는가 싶더니 이내 그것을 가볍게 뛰어넘었다. 나는 그런 폴짝임, 아무런 도움닫기 없이 가볍게 펜스를 통과하는 네 모습을 먼발치에서 건너다보며 네가 나와 완전히 다른 부류의 사람이라는 걸 다시금 깨달았다. "그런데 요즘 너는 어떻게 지내?" 아무것도 아니라면 아무것도 아닌 근황 얘기를 부랴부랴 꺼내놓자 너는 최근에

　　　　　　　　　　밤의 반만이라도

요가 학원을 끊었다고 했다.

"왜 그만뒀는데?"

"응?"

"그만둔 이유가 뭐냐고."

너는 "아, 나는 새로 시작했다는 말이었는데" 하고 말하면서 한쪽 외벽이 무너진 건물 앞에 멈춰 섰다. 내부 골조가 딱지처럼 떨어져 나간 게 당장 완전히 주저앉아버려도 전혀 이상할 게 없었지만 너는 개의치 않고 한 발 더 가까이 다가섰다. 멀리서 볼 때는 몰랐는데 가까이서 보니 가로로 기다랗게 벌어진 틈을 중심으로 크고 작은 균열들이 끝없이 뻗어나가고 있었다. 체구가 작은 사람이라면 어떻게든 몸을 욱여넣을 수 있을 정도의 크기였다.

"여기 뭐가 있는지 알아?"

있기는 뭐가 있어, 하고 되묻기도 전에 너는 더듬더듬 외벽을 살피더니 갈라진 틈 속으로 오른손을 집어넣었다. 나는 너와 똑같은 자세로, 완전히 똑같이, 그렇지만 반대 방향으로 쭈그려 앉아 벽에 몸을 기댔고, 이 세상의 많고 많은 것과 한 번쯤 닿거나 닿지 못했던 왼손을 구멍에 집어넣었다. 손에서 땀이 나기 시작했지만 애써 태연한 척을 하며. 눈을 질끈 감은 채로. 완전한 대칭으로.

너는 "있잖아" 하고 운을 떼더니 옛날 옛적에 자기 엄마가 들려줬던 이야기를 기억하느냐고 했다. 사정은 이랬다. 몇 달 전 너는 미수 씨가 쓰다 만, 완성되지 못한 채 중간에서 뚝 끊겨버린 이야기를 물려받아 이어서 쓰기 시작했고, 끝내주는 반전으로 이야기를 마무리하고 싶은 마음에 밤이면 밤마다 머리를 꽁꽁 싸매봤지만 결국 처참히 실패해버리고 말았다.

"근데 있잖아, 문득 이런 생각을 하게 된 거야. 반전 있는, 그러니까 전개가 일순간에 뒤집히면서 보는 이의 시선을 낚아채는 반전이 아니라, 무언가 역전되고 전도되고 판이 완전히 뒤집히면서 희열을 안기는 반전이 아니라, 반만 온전한 상태로 뚜벅뚜벅 걸어가다 맥없이 끝나버리는 이야기도 괜찮지 않나? 따지고 보면 그런 이야기도 반전半轉이 '있다'고 말할 수 있는 거 아닌가, 하는."

점점 다리가 저려오는 와중 너는 이어서 말했다.

"근데 찾았니?"

"아직."

"아직도?"

"아무것도 없는 것 같은데."

"아니, 거기 있다니까."

"있긴 뭐가 있어."

밤의 반만이라도

"비밀이야."

뭐가 있다는 건지 도통 모르겠다고 생각하는 와중에 너는 건물 외벽의 틈 속으로 팔을 끝까지 밀어 넣었고, 나는 그런 너를 똑같이 따라 했고, 내 손에 잡히는 건 차고 축축하고 끈적한 누군가의 손뿐이었다. 순간 나는 급히 손을 뺀 다음 일보 후퇴하며 "해 지기 전에 빨리 돌아가자" 하고 말했다. 너는 싫다고 했고, 나는 "그래도 가야지" 했다.

"한 번만 더 그 말 하면 나 너 다시는 안 봐."

나는 말했다.

"그래도 가야지."

"콜라? 사이다?"

자판기 앞에 멈춰 선 네가 묻기에 나는 물, 했다. 너는 콜라와 사이다 버튼 위치만 외워놔서 물을 뽑을 확률은 매우 희박하지만 노력해보겠다고 했다. 그러나 그건 노력보다는 운의 문제였으므로 결국 네가 뽑아 건넨 건 차가운 아침햇살이었다.

건배! 너는 내가 손에 쥔 캔이 아니라 허공에 대고 자꾸만 건배! 하고 외쳤다. 어느새 해는 뉘엿뉘엿 지고 있었고, 길이 끝나는 곳에 풍경 좋은 호수가 있다는 얘기를 언뜻 들은 것 같기도 한데 길은 끝없이 이어지기만 했다. 그렇게 서서히 어두워지는 하늘과 언덕. 시간은 오르막과 내리막으로 이루어진 높다란 언덕 같은 것이어서, 경사가 가파른 시간 속에서 길을 잃거나 되돌아가고 싶거나 이대로 시간이 멈췄으면 좋겠다는 생각이 들 때마다 나는 앉을자리를 물색하곤 한다. 그래서 우리는 호수를 찾기는커녕 그대로 주저앉아버렸다. 겨울잠에 빠진 맹꽁이가 잠꼬대로나마 울음소리를 들려줬다면 좋았을 텐데 그럴 리는 없었다. 속으로만 꽁, 꽁, 침묵에 가까운 울음을 냈을 뿐이었다.

우리는 서로 다리를 포갠 자세로 한참을 앉아 있었다. 네 살은 데일 듯 뜨거웠고, 나는 그런 너와 거리를 벌리는 대신 잠자코 뜨거움을 견뎌내고 있었다. 그리고 이대로 우리 두 사람이 두 그루의 나무가 된다면 어떨까 생각했다.

오래전, 우리가 보물찾기를 했던 무연분묘 옆에는 이름 모를 까맣고 동그란 열매가 주렁주렁 열린 나무 한 그루가 서 있었다. 아니, 자세히 보니 나무는 혼자 있는 게 아니라 둘이 있었다. 둘은 둘인데 마르고 앙상한 가지가 한데 엉켜 있어 마치 하나처럼 보이는 둘이었다.

"저기 뭐가 그렁그렁 열렸네."

까맣게 울창한 나무 우듬지를 올려다보며 네가 말

했고 나는 그런 너를 말없이 바라보았다. 그때 내가 네 말에 동조했더라면, "그렁그렁이 아니라 주렁주렁이 겠지" 하고 네가 담아낸 한 폭의 풍경을 함부로 덧칠하려 들지 않았다면 우리는 서로 무언가를 나눠 가질 수 있었을까.

"잠깐 팔꿈치 좀 빌려줄 수 있어?"

밤조차 길을 잃어버릴 만큼 주변이 온통 어두워졌을 무렵, 너는 자리에서 일어나 엉덩이를 툭툭 털며 말했다. 나는 네게 팔꿈치를 건넸고 너는 내 팔꿈치를 붙들었다. 저 멀리서 내려다본다면 우리는 언덕 위에 나란히 선 두 그루의 나무처럼 보일지도 몰랐다. "있잖아." 네가 말했고 나는 못 들은 척했고 너는 예나 지금이나 그런 나를 조용히 눈감아주었다. 그리하여 너는 밤나무 나는 너도밤나무 그 사이엔 손에 잡힐 듯한 바람.

인
터
뷰

이선진×이소

이소   은밀하게 서로의 밤을 내보이는, 이선진 작가의
지독한 사랑 이야기들을 잘 읽고 있습니다. 「밤
의 반만이라도」를 통해 인터뷰를 진행하게 되어
반갑습니다. 〈소설 보다〉 독자분들과 처음 만나
시는 것으로 알고 있는데요. 근황에 관한 이야기
와 더불어 인사 부탁드립니다.

이선진   안녕하세요, 이선진입니다. 낮에는 출판 편집자
로서 글을 만지는 일을 하고, 밤에는 소설을 쓰
거나 소설을 써야 한다는 생각을 하면서 하루하
루를 보내고 있어요. 최근 첫 소설집 『밤의 반만
이라도』(자음과모음, 2024)*를 출간했는데요.
데뷔 후 3년 반 동안 꾸준히 써온 소설들에게 아
늑하고 번듯한 집을 마련해주었다는 사실이 무
척 기쁜 동시에 앞으로 내 글쓰기는 어디로 어떻
게 나아갈까, 하는 고민을 이어나가는 중입니다.
이 책이 처음이자 마지막 책이 될 수도 있겠다고
생각했던 게 무색하게 마감이 연달아 잡혀 있어
서 허겁지겁 소설을 쓰고 있는데요. 지금과 다음
사이에서 갈팡질팡할지언정 언제나 그랬듯 무

---

*   인터뷰에서 언급되는 전작은 모두 이 책에 수록되어 있다.

사히 앞으로 나아갈 수 있을 거라는 희미한 낙관
을 품으려 노력하고 있습니다. 이 인터뷰를 독자
분들이 읽고 계실 때쯤 처음으로 1인칭이 아닌
3인칭으로 쓴 소설을 웹진 〈비유〉에 발표하는
데, 그 소설이 독자분들에게 어떻게 가닿을지 설
레면서도 두려운 마음이에요.

이소 　데뷔작인 「무관한 겨울」에 대해 우선 이야기해
볼까요? 어린이집 보육 교사인 '영문'은 원장이
바늘로 학대한 아이를 떠올리며 연인인 '인영'에
게 자신의 발바닥도 같은 방법으로 찔러달라고
부탁하지요. 인영은 체념에 가까운 복잡한 마음
으로 밤마다 영문의 자기 처벌을 도와줍니다. 어
쩌면 연인이란 고통을 선물로 주고받을 수 있는
특권을 지닌 사이가 아닌지 생각해봅니다. 이선
진 작가는 만약 지독한 어둠이 자신이 지닌 '나
만의 것'이라면 연인에게 그것을 내줄 건가요,
아니면 내가 갖지 않은 것을 주고자 노력할 건가
요? 반대로 사랑하는 이가 품은 '그 사람만의 것'
이 어둠이라면, 그것을 기꺼이 받을 건가요, 혹
은 그가 다른 것을 줄 수 있는 사람이 되도록 도
울 건가요? 어느 쪽이든 모든 선택은 삶 그 자체

　　　　　　　　인터뷰 이선진×이소

라 부를 만큼 지난한 과정이 되겠지만요.

이선진 「무관한 겨울」은 당시 제가 스스로에게 해주고
싶었던 말들을 꾹꾹 눌러 담은 내밀한 소설이었
어서 당선 소식을 듣고 무척 놀랐던 기억이 납니
다. 저는 화자인 인영이 체념, 그러니까 '희망을
버리고 단념'했다기보다는 오히려 연인인 영문
을 끝끝내 포기하지 않았기 때문에 "응원도 방
관도 아닌 그 사이의 어중간한 형태"로나마 영
문의 곁을 지켜줄 수 있었다고 생각해요. 그 소
설을 세상에 내보이고 나서 한참 시간이 지난
뒤, '무관하다'라는 단어가 '관계나 상관이 없다'
와 '서로 허물없이 가깝다'라는 상반되는 두 가
지 뜻을 모두 품고 있다는 걸 알게 되었는데요.
결국 관계의 척력은 늘 인력으로 작동될 가능성
을 지니고 있는 것 같아요.

　그렇기에 소설 속에서 인영은 영문의 어둠을
기꺼이 끌어안으려고 하지는 않지만, 그렇다고
그 어둠에서 함부로 발을 빼려고 들지도 않아요.
서로 깊이 연루되지 않을지언정 그 미약한 연루
됨을 포기하지 않는 두 인물의 사랑법이 제가 사
랑을, 그리고 사랑하는 사람을 대하는 태도와 비

숫한 것 같아요. 사람이라면 모두 '자기만의 어둠'을 갖고 있을 텐데요. 저는 그 어둠을 반으로 쪼개 선뜻 나눠 갖지도, 상대더러 어둠 말고 빛을 달라고 조르지도 않은 채, 그저 그 어둠의 옆과 곁을 가만히 지켜주는 사람에 가까워요. 타인의 어둠은 나를 어둡게 만들 수는 있어도 결코 나의 어둠이 될 수는 없음. 그 캄캄한 믿음이 때로 그 어떤 마음보다 사랑에 가깝다고 생각하고요. 제가 그런 사람이라서인지 첫 소설집에 묶은 여덟 편의 소설에 등장하는 인물들 또한 공통적으로 그런 사랑관을 갖고 있는 것 같아요.

이소 「밤의 반만이라도」에서 '미수'는 전맹이고, 딸인 '다운'은 점점 시력을 잃어갑니다. 소설에서 눈이 보이지 않는 장애는 결코 '비밀'은 아니지만 내밀하게 간직한 '밤'과 같아서, 특정한 능력의 부재나 박탈이 아닌 다른 세계를 사는 독특한 존재 형식처럼 묘사됩니다. 그래서 다운을 좋아하는 '미숙' 역시 미수와 다운이 공유하는 밤의 존재를 부러워하지요. 그런데 이와 같은 재현은 사회적 차원에서 장애가 작동하는 상황과 방식의 복잡성에 관해 말하기 어렵게 만든다는 점에서

인터뷰 이선진×이소

다소 미학적인 재현이라는 인상을 주기도 합니다. 누구나 간직하고 있다고 말할 수 있는 밤, 그러나 아무나 지닌 것은 아니라고 말할 수도 있는 밤. 이 밤과 장애의 연결에 대해 조금 더 부연해주실 수 있을까요.

이선진 연인 관계를 "고통을 선물로 주고받을 수 있는 특권을 지닌" 관계로 설명해주셨다면, 소설 속에서 전맹 시각장애인은 '밤을 품는 특권'을 가진 존재로 정체화되는데요. 이 작품을 쓸 때 저는 '장애=밤'이라는 도식을 부각하고 싶었다기보다 삶을 살아가는 누구나 '자기만의 밤'을 품고 있다는 걸 보여주고 싶었어요. 어떤 특권도, 천형도 아닌 삶의 기본 조건으로서의 밤이랄까요. "나한테도 있어요, 나만의 밤이"라고 이야기하는 미숙을 통해 알 수 있듯, 미숙에게도 '자기만의 밤'이 존재해요. 그건 이 세상의 이성애 규범과 자신의 정체성이 "하나의 덩어리"로 포개어지지 않는 것에서 비롯된 걸 수도 있고, 살면서 받은 무수히 많은 상처들이 지우개 똥처럼 똘똘 뭉쳐져 마음 한편에 자리 잡은 것일 수도 있죠. 그 불완전한 삶의 면면에서 기인하는 '밤'을 수치스럽거나 부끄러운 무엇이 아니라, 저마다의 고유한 어둠으로서 얼마든지 삶을 긍정으로 비출 수 있는 일종의 '보물'처럼 그려내고 싶었던 것 같아요.

한편으로는 말씀해주신 것처럼 "장애가 작동하는 상황과 방식의 복잡성"을 소설의 미학이라는 목적하에 단순하게 만들어버리는 건 아닐까, 하는 두려움이 무척 크기도 했어요. '밤의 반만이라도'라는 제목을 떠올렸을 때, '밤'이 내포하고 있는 어두운 이미지와 '장애'를 손쉽게 등치시키는 건 아닐까 걱정되기도 했고요. 누군가에게 또 다른 억압이 될 수 있는 글을 쓰고 싶지는 않았기에 시각장애인에 관한 다큐멘터리나 시각장애인이 운영하는 유튜브 채널에 올라온 영상을 수도 없이 시청하긴 했지만, 그들의 '실제적' 삶을 어떻게 '소설적'으로 옮겨 오느냐는 전혀 다른 차원의 문제더라고요.

저는 소설이란 도덕적인 인물이 아닌 윤리적인 인물을 그려내야 하는 장르라고 생각하는데요. 누가 뭐라든 자기 자신의 선택을 끝까지 견지하고 철회하지 않을 때, 그 선택이 불러일으키는 결과를 온전히 끌어안고 감내할 때, 그 인물

인터뷰 이선진×이소

이 윤리적이라고 믿는 셈이죠. 타의 모범이 되지도 않고, 규율이나 규칙, 사회의 보편 윤리에 완전히 반할지언정요. 그리고 소설을 쓰는 사람으로서 저의 윤리는 제가 쓰겠다고 한번 마음먹은 이야기를 어떻게든 끝까지 책임지는 것이었어요. 저의 재현 방식이 불러일으킬 비판까지도 글을 쓰는 사람으로서 제가 안고 가야 하는 문제라고 생각했고요. 결국 재현이 두려워서 소설을 쓰지 않을 것이냐, "무섭지만" 쓸 것이냐, "무서운 채로" 쓸 것이냐, 세 가지 갈림길을 앞에 두고 저는 무서운 채로 쓰는 것을 택했어요. 이런 시행착오 때문인지 이 소설은 실제로 쓴 시간보다 써도 될까 고민하고 주저하고 글이 써지지 않아 카페 구석 자리에 앉아 눈물 흘리던 시간이 압도적으로 더 길었던 것 같습니다.

이소 이번에는 '반'에 대해 이야기해보고 싶습니다. 미숙은 다운과 함께 쓰는 책상에 선을 긋고 "금!"이라고 소리치지만 그 선을 넘어온 손길 덕분에 다운에게 사랑을 느끼게 됩니다. 금이 먼저 존재해야 금을 넘을 수 있고 금을 넘어야 사랑을 나눌 수 있다는 점에서, 반을 가르는 행위는 사랑의 전제이자 장애 같습니다. 이렇게 반의 모티프는 소설 전반에 걸쳐 반복됩니다. 임신 테스트기의 두 줄을 절반인 한 줄로 읽은 아이, 스스로도 반신반의인, 들킨대도 반만 들켜야 하는 마음, 반만 살겠다는 건지 반만 죽겠다는 건지 반만 좋다는 건지 반만 밉다는 건지 알 수 없지만 (아니, 알 수 없어서 더욱) 딱 반만 같이 있고 싶은 간절함, 완전히 뒤집어버리는 반전反轉이 아닌, 반만 뚜벅뚜벅 끝까지 걸어가는 반전半全으로 맺고 싶은 결말 등등. 어쩌면 이 소설 전체가 낮과 밤을 나누고 또 그 밤을 절반으로 나누는 이야기, 그래서 반에서 사랑이 시작되고 또 반에서 사랑이 끝나는 이야기인지도 모르겠습니다. 결국 사랑이란 "밤의 반만이라도" 함께 나눠 갖길 원하는 마음에서 출발하여 그 마음이 사라지더라도 끝내 그것을 반전反轉이 아닌 반전半全으로 이어가는 과정일까요. 그렇다면 그 사랑의 여정에서 우리가 반으로 나눠 가질 수 있는 건 무엇일까요. 정말 "우리는 서로 무언가를 나눠 가질 수 있"는 걸까요?

이선진 저는 언제나 '너'와 '나'보다는 두 존재를 매개하는 조사인 '와'에 더 눈길이 가는 편이에요. '와'는 둘을 연결하는 동시에 구분 짓는다는 점에서 미숙의 책상에 그어진 '금'과 같은 것이죠. 「부나, 나」라는 소설을 쓸 때는 그 '와'조차 끼어들 틈 없이 서로 어긋나버린 두 인물의 관계를 표현하는 기표로서 쉼표를 선택하기도 했고요.

마찬가지로 이 소설을 쓸 때 '나눠 가짐'과 '나눠 갖지 못함'이라는 이분법적인 구도로 세상을 바라보기보다는 그 사이의 틈새를 끈질기게 응시하고 싶었어요. 소설의 마지막 문장이 '다운'과 '미숙'을 의미하는 '밤나무'와 '너도밤나무' 사이에 부는 "손에 잡힐 듯한 바람"을 그려냈듯이요. 바람이 공기의 이동이듯, 마음이라는 것도 끊임없이 위치를 바꾸고 어디론가 흘러가는 사물인 것 같아요. 그래서 이쪽에도 저쪽에도 완전히 속하지 않는, 손에 잡히려야 잡힐 수 없는 미숙의 '거시기한' 마음을 열세 살 여자아이의 위악스럽고 시적인 발화로 담아보고 싶었어요.

소설 속에서 열세 살의 미숙과 스물아홉의 미숙은 공통적으로 어디론가 계속 걸어가요. 열세 살 미숙은 비 오는 어느 겨울밤에 보물찾기를 하러 산을 오르지만, 제대로 된 보물찾기를 수행해

내지 못했다는 점에서 그 여정은 '별일' 축에도 못 끼죠. 그러나 껍질을 한 꺼풀 벗겨 인물의 외적 동선의 안쪽에 숨겨진 내적 동선을 깊이 들여다본다면, 거기엔 사랑과 미움을 왕복하는 커다란 마음의 소란이 존재해요. 눈에 보이지 않기 때문에 더욱 의미 있을 그 마음의 여정이 어쩌면 질문에서 말씀해주신 "사랑의 여정"이지 않을까 싶어요. 사랑이 이루어지지 않았다는 점에서 필연적으로 미숙과 다운의 여정은 수중에 아무것도 남아 있지 않은, 빈털터리의 실패담이 될 수밖에 없을 테고요. 그러나 무언가를 나눠 갖지 못했다면, 나눠 갖지 못한 것에 대한 공통의 감각은 나눠 가질 수 있겠죠. 본래 사랑이란 게 그런 거잖아요. 사랑이 끝났을 때 엄청난 슬픔과 상실감에 빠져 허우적거리는 건 조금 전까지만 해도 자신에게 있던 것이 완전히 사라져버렸다는 마음 때문일 텐데, 그 없음, 공허를 서로의 마음에 심어놓았다는 것만으로도 어떤 교환이 이루어졌다고 볼 수도 있을 것 같아요.

이소   소설 전체에 걸쳐 맹꽁이, 꽁꽁이, 꽁꽁, 꿍꿍이처럼 유사한 질감의 단어들이 반복되고, 그 반복이 의미론적 차원으로 이어집니다. 예컨대, 다운을 사랑하는 미숙에게 여자들끼리 사랑하는 소리인 '꽁꽁'은 매혹적인 비밀입니다. 미숙은 무슨 '꿍꿍이속'이냐고 비난받을지도 모른다는 불안에서 자유롭지 않으면서도 한쪽이 맹하고 울면 다른 한쪽이 꽁하고 우는 맹꽁이가 아닌 모두 꽁하고 울고 꽁하고 답하는 '꽁꽁이'가 되고 싶은 열망으로 들떠 있습니다. 다운과 "꽁꽁꽁꽁꽁 한바탕 울어 젖히고 싶"은 미숙의 퀴어적 욕망은 맹꽁과 꽁꽁과 꿍꿍으로 이루어진 그물을 뚫고 쏟아져 나옵니다. 글을 쓰는 사람이라면 누구나 그렇겠지만 저 역시 글을 쓸 때 미학적인 결과를 위해 의미를 만들어내기도 하고, 반대로 의미를 만드는 과정에서 예상치 못한 유희의 기쁨을 맛보기도 합니다. 이 소설을 쓸 때 이선진 작가는 어떠했을까요. 단어의 층위에서 시작하여 주제까지 이어지는, 어쩌면 지나치게 의식적으로 배치되었다는 인상을 줄 수도 있을 이 그물망을 정성스럽게 짜 내려갈 때, 작가의 마음이 어떠했을지 궁금해집니다.

이선진 언어와 언어의 다발이 발생시키는 리듬과 문장

과 문장 사이에 고인 침묵. 제게 소설을 쓴다는 건 그러한 리듬과 침묵을 종이 위에 새겨 넣는 행위인 것 같아요. 손끝으로 언어가 추는 춤을 따라 추다 보면 순간적으로 노트북 앞에 앉아 소설을 쓰고 있는 '나'가 사라지는 느낌이 들기도 하고요. 그런 점에서 '꽁꽁이'나 '꿍꿍이'처럼, 발음이 유사한 단어를 반복한 것은 어떤 의미를 형성하려는 분명한 의도가 있었던 게 아니라, 제 글쓰기의 기질적인 특성 같아요. '꽁꽁이'와 '꿍꿍이', '궁지'와 '둥지', 희망을 '버리는 것'과 '벼리는 것', 언뜻 하나로 포개져 보이는 이 단어들은 글자의 획이 아주 살짝 달라진 것뿐인데도 전혀 다른 의미를 창출해내요. 저는 그 미끄러짐을 동력 삼아 백지라는 새하얀 터널을 통과해나가는 과정이 무척 재미있어요. 발음이 유사한 단어가 떠오를 때마다 휴대폰 메모장에 적어두기도 하고요.

고백하자면 저는 미리 설계도를 다 짜놓고 작업에 착수하는 건축가형 작가라기보다 그때그때의 즉흥성을 유연하게 받아들이려고 노력하는 산책가형 작가에 가까운데요. 처음 이 이야기를 떠올렸을 때는 막연하게 십대 미성년 화자

　　　　　　　　　인터뷰 이선진×이소

의 압도적인 사랑 이야기를 쓰고 싶다는 생각이었고, 세목에 관해 별다른 구상을 해두지는 않았어요. 그런데 첫 문장을 쓰고, 그 첫 문장이 불러온 다음 문장을 쓰고, 소설 속 인물의 뒤를 따라가다 보니 우연히 맹꽁이에 대한 언급이 나왔고, 그 우연성을 받아들이겠다고 마음먹은 순간 소설 속에 그것이 등장하는 것에 대한 당위나 필연성을 심어두어야 했어요.

소설에는 총 두 가지 중심부가 존재한다고 생각하는데요. 하나는 처음 집필 단계에서 작가가 의도한 중심부고 두번째는 그 의도와 별개로 탄생하는, 때로는 소설을 다 쓰고 나서조차 알아채지 못하는 '숨겨진 중심부'예요. 대개 초고를 쓰고 난 뒤 오랜 시간을 두고 소설을 다시 살펴보는 동안 그 '숨겨진 중심부'를 발견하게 되죠. 그리고 저는 작가가 의도했던 중심부만 남아 있는 소설은 철저히 실패했다고 생각하는 편이에요. 이 소설에 국한하여 이야기해보자면, 과할 정도로 자주 언급되는 '반'에 대한 사유들은 대개 소설의 숨겨진 중심부를 발견한 퇴고 시점에 사후적으로 덧붙인 것이었어요. 단어의 날실과 씨실이 어떤 그물망을 이룰지 몰랐고, 별처럼 흩뿌려진 문장들이 어떤 별자리를 이룰지 몰랐기 때문에, 언제나 "나로부터 최대한 먼 곳으로", 미지를 향해 나아갈 수 있기 때문에 소설 쓰기란 늘 매력적인 작업인 것 같아요.

이소 의도치 않게 다운을 출산하게 된 연유나 말없이 활동 보조사가 떠나버린 사연 등 미수의 에피소드는 참으로 신산하고 애틋합니다. 흥미로운 점은 이 모든 사연에도 불구하고 미수가 음산한 마녀나 막강한 독재자처럼 보인다는 사실입니다. 그녀는 마치 마법의 비밀을 누설하거나 왕위를 계승하듯 다운에게 밤을 물려주리라 속삭이지요. 그리고 이렇게 미수와 다운을 묶어버린 강고한 사슬 앞에서 미숙은 속절없이 매혹됩니다. 어쩌면 어머니의 비밀을 알아채어 그것을 누설하거나 감행하고픈 욕망에 시달리는 미숙에게 가장 필요한 것은, 자신의 밤이 은밀한 비밀이 아닌, 상속되고 계승되어야 할 불가피함이라는 확신인지도 모르겠네요. "부모에게 물려받을 거라곤 다정한 병病뿐이라는 사실"에서 방점은 '다정한 병'이 아닌 '물려받음' 자체에 찍혀 있을 수도 있겠습니다. 이 독특한 모녀 서사에 대해 조금 더 자세히 듣고 싶습니다.

이선진 소설 속에서는 '미수'와 '다운'의 모녀 관계가 두
드러지는데요. 우연히 접한 시각장애인 관련 다
큐멘터리가 이 모녀 서사를 그리는 데 큰 영향을
끼쳤어요. 배 속에 아이를 가진 전맹 여성이 의
사로부터 훗날 자신의 아이도 눈이 완전히 멀 것
이라는 진단을 받는데요. 많은 사람이 아이를 낳
기로 선택한 부모를 무책임하다고, 타인의 선택
으로 인해 장애인으로 태어나게 된 아이는 무슨
죄냐고 비난하는 걸 볼 수 있었어요. '장애'를 삶
의 다양한 존재 양식 중 하나가 아닌 극복해야
하는 결함으로서, 시각장애인을 장애를 가진 자
율적 존재가 아닌 장애 자체로 읽어내고 있기 때
문에 그 대물림을 부정적으로 낙인찍은 것이겠
지요.

　장애인 당사자성을 띠고 있으면서도 젠더퀴
어인 일라이 클레어의 『눈부시게 불완전한』(하
은빈 옮김, 동아시아, 2023)에서 볼 수 있듯, 장애
를 긍정해야 한다고 말하는 것과 실제로 자신의
장애를 '있는 그대로' 받아들이고 긍정하는 것
사이에는 커다란 간극이 존재해요. 그 격차를 좁

히기 위해 끊임없이 의식적으로, 수행적으로 노력을 기울여야만 하죠. "그런데 엄마는 나를 왜 낳았어?" 하고 미숙에게 날 선 질문을 던지는 다운의 마음속에도 자기 긍정과 자기 부정을 오가며 생긴 다층적인 결이 존재할 거라고 생각했어요. 이 세상에 자신의 '있을 자리'를 마련해준 것에 대한 고마움과 원망 또한 동시에 품고 있으리라 여겼고요. 미수가 다운을 '끔찍이' 그리고 '끔찍하게' 생각하는 것처럼요. 나아가 미수에게 '다정한 병'과 '이야기'를 물려받은 다운은 완성되지 못한 반전半轉의 이야기를 여전히 반만 온전한 채로 뚜벅뚜벅 걸어가게끔 내버려둠으로써 긍정하죠.

그런데 사실 제가 진짜 방점을 찍고 싶었던 건, 모계로, 수직적인 계보로 이어지는 '상속'이라기보다는 피가 섞이지 않은 미숙과 다운 사이에서, 언덕 위에 한 그루의 나무처럼 나란히 서 있는 둘 사이에서 수평적으로 이루어지는 상속이었어요. 이때의 상속은 어느 한쪽이 다른 한쪽에게 일방적으로 무언가를 전달받는 방식이 아닌, '손에서 나는 귤냄새'와 '귤에서 나는 손냄새'처럼 서로에게 어떤 방식으로나마 흔적을 남기

인터뷰 이선진×이소

는 "작은 포옹"과도 같은 상속일 테고요.

이소   미수와 다운은 훔친 만년필을 묻으러 보물찾기
를 하러 떠납니다. 다운이 만년필을 흙으로 덮거
나 나뭇잎으로 가리지도 않고 그저 땅에 내려놓
자 미숙은 "제대로 숨기지도 않았는데, 굳이 찾
아 헤맬 필요도 없이 눈앞에 떡하니 있는데 이게
무슨 보물찾기냐고" 쏘아붙입니다. 그런데 미숙
의 힐난 섞인 물음과 달리, 저는 왜 보물을 숨기
는 일이 보물찾기인지가 더 궁금해졌습니다. 결
코 들키고 싶지 않지만 그렇다고 전혀 들키지 않
으면 서글퍼지고 마는 것이 비밀이라면, 그것을
반만 숨기는 것이야말로 보물을 숨기는 일인 동
시에 보물을 만드는 일이 되기 때문일까요. 한
편, 오랜만에 재회한 두 사람은 또다시 보물찾기
에 나섭니다. 이번에야말로 무언가를 찾으러 간
여정이지만, 미숙은 아무것도 없다고 말하고, 다
운은 있지만 비밀이라고 말하지요. 다시 한번,
반만 숨고 반만 찾은 셈입니다. 이렇게 두 차례
이루어진 절반의 보물찾기에서 두 사람은 가장
가까이 겹쳐지는 동시에 가장 멀리 탈락해버립
니다. 어쩐지 조금 서글퍼지네요. 두 사람이 같

은 보물을 간직할 수 없다면, 아니, 애초부터 보물이란 완전히 숨길 수도 온전히 찾을 수도 없는 것이라면, 두 사람의 보물찾기는 무엇으로 이어질 수 있을까요?

이선진 미수와 다운이 '보물찾기'를 할 때 숨긴 사물을 소설 속에서 일부러 명확하게 지시해두지 않았는데요. 소설을 발표하기 전 주변 친구들에게 보여줬을 때 선생님처럼 만년필을 숨긴 거냐고 물은 친구도 있었고, 서로에게 서로의 존재 자체가 보물인 거야? 하고 물은 친구도 있었어요. 저는 그 해석이 온전히 독자의 몫이어야 한다고 생각했기에 "네가 읽은 게 맞아!" 하고 대답할 뿐이었고요.

애초에 '보물찾기'란 보물을 숨긴 사람이 존재하고, 그것을 찾아낸 이가 보물을 숨긴 사람으로부터 반짝이는 삶의 의미를 부여받는 과정이에요. 이때 숨기는 사람은 자신이 무엇을 숨겼는지 알고 있지만, 찾는 사람은 보물을 찾기 전까지 자신이 무엇을 찾고 있는지 알지 못하지요. 하지만 다운과 미숙이 하는 보물찾기는 달라요. 숨기는 사람이 보물을 무방비하게 노출한다는 점에서 '숨김'이라는 행위 자체를 숨기고 있고, 찾는 사람은 자신이 무엇을 '찾지 않아야 하는지' 알고 있어요. "지나가는 사람 누구든" 쉽게 찾을 수 있을 정도로 훤히 들여다보임에도 그것을 끝끝내 찾지 않는 것이 자신에게 주어진 유일한 역할이라는 걸 알고 있다는 점에서 보물찾기의 기존 질서에 전도가 일어나지요. 즉, '숨김'을 숨기고 '찾지 않음'을 찾는 그 모순적인 상황 자체가 다운과 미숙이 살아내고 있는, 무엇 하나 명징하게 정의내려지지 않는 '거시기한' 삶과 포개진다고 생각했어요. 투명 의자를 하며 "의자의 없음을 눈감아주던" 미숙이 보물의 '있음'을 눈감아주며 그것을 찾지 않는—못하는 것이 아니라—선택으로 한 발짝 나아갈 때, 거기에 어떤 불쾌한 성장의 기미가 도사리고 있다고도 생각했고요.

한편으로 성장이란 인생의 한 페이지에서 다음 페이지로 넘어갈 때 이루어지는 것이 아니라, 이전 페이지와 다음 페이지 '사이'에 자기 자신만의 어떤 흔적을, 이를테면 가름끈을 끼워 넣고 시간이 훌쩍 지난 뒤 다시 그 페이지를 펼쳐 볼 때 비로소 이루어지는 것 같아요. 소설 속에서

스물아홉의 미숙이 시간을 거슬러 과거의 자기
자신에게 "그 정도 무서움쯤은 아무것도 아니
야"라고 말해줄 수 있던 것도 살면서 두고두고
자신의 한 페이지를 펼쳐 보았기 때문이겠죠. 어
쩌면 지금 이 대화도 마음속에 우묵하게 묻어두
었다가 오랜 시간이 지난 뒤 다시 펼쳐 보게 될
지도 모르겠네요.

인터뷰 이선진×이소

하와이 사과

이연지
2023년 『릿터』를 통해
작품 활동을 시작했다.

문자로 지수의 소식을 받았다. 잠시 그대로 누워 있었다. 어제 저녁 휴대전화로 가스비를 내고 1,230원이 남아 있었다. 너무 기가 막히면서도 단정한 수열이었기 때문에 자고 나서도 기억했다. 조의금 낼 돈이 있으면 밥값에 쓰겠지만 그래도 그렇지 술만 들어가면 영원하자고 낯 뜨거운 결의를 맺던 사이에 1,230원밖에 없으니 1,230원만 내겠습니다 할 수도 없었다. 언니에게만큼은 전화하고 싶지 않았는데 별 도리가 없었다. 20만 원만 빌려달라고 했다. 급해서 그래. 곧 갚을게, 라고 말한 뒤 헤헤, 하는 웃음이 거의 구토처럼 튀어나왔다. 내 웃음소리를 듣는 것이 얼마나 비참한지 눈을 질끈 감아버렸다. 언니는 놀란 듯 잠깐 말이 없더니 그래, 하고 짧게 대답했고 전화를 끊자마자 30만 원을 입금해주었다.

영완 선배는 식장 앞에서 연기를 뿜고 있었다. 나를 보더니 담배를 끄고 먼저 안으로 들어갔다. 매일 보는 사이에 저렇게 데면데면하게 굴 건 뭐지. 목 인사를 하려다 말았다. 지수가 아니고서야 우리 이름을 아는 사람도 없는데 방명록에 이름을 적었다. 숱 적은 구름 같은 국화 더미 위에 지수가 놓여 있었다. 지수는 살짝 어깨선을 비틀고 앉아 있었는데 내가 아는 사진이었다. 입학은 같이했지만 졸업은 나보다 1년 늦게 한 지

하와이 사과

수가 봐달라고 보낸 포트폴리오 첫 페이지에 있던 것
이었다. 지수는 사진 아래에 다섯 줄 정도 되는 자기소
개 글을 적어놨는데 의외로 그 애답지 않게 고루한 인
상을 줘서 내가 싹 지우고 이름 옆에 한 단어만 넣으라
고 했다.

　신지수. 스크린 라이터.

　지수의 어머니는 지수와 너무 닮아서 나도 모르게
시선을 떨구게 만들었다. 아, 어머니는 아실지도. 방
명록에 적힌 영완 선배와 내 이름을. 지수는 어머니와
가까웠으니 입꼬리에 보조개를 패며 우리를 말했을지
도. 다만 우리 얼굴은 모르시는 것 같았다. 왜인지 내
가 연재라고, 그때, 지난겨울 지수의 서울 생활 끄트머
리에 내가 있었다고 알려드려야 할 것 같았다. 이렇게
말하면 어머니는 나에게 많은 것을 물으시겠지. 지수
는 왜 서울을 떠나지 못했는지, 왜 살가죽은 인간이라
는 명목상 걸쳐놨다 싶을 정도로 곯아가고 있던 건
지. 그때 나는 지수에게 무엇을 해주었는지. 모두 대답
할 수 있으면서 하나도 대답할 수 없었다. 고백이고 고
해인 내 이름을 삼켰다. 어머니와 여전히 모르는 사이
로 빈소를 빠져나왔다.

　나와 영완 선배는 최대한 절약해서 말하는 종족인
것처럼 딱 필요한 말만 했다. 식당에 이미 와 있던 동

기들과 합석해 흰 종이 그릇에 담긴 육개장을 먹으면서도 영완 선배나 나나 가끔 맞장구나 쳤다. 얼마 안 있어 지금은 세종시에서 근무하는 후배 하나가 들어왔다. 여기에 오느라 점심을 걸렀다는 그 애는 겉옷을 벗더니 이곳이 국밥집인 것처럼 육개장에 밥을 말았다. 그러곤 심각하게 미간을 모았고 "근데 왜 죽었대요?" 물었다. "나 이유도 모르고 왔네." 후루룩. 후루룩. 더럽게 투박한 말투였다. 조용히 경악하고 있는데 과 대표를 했던 동기가, 나와 마찬가지로 혐오감이 드는 것이 분명하지만 얼굴색 하나 변하지 않고, 어머니가 집에서 발견하셨다고 대답했다. 여기에는 어떤 말도 더할 필요가 없었기 때문에 나와 영완 선배는 침묵했다. 후배 애가 아아, 하며 우울증 어쩌고 떠들기 시작했고 영완 선배가 먼저 가보겠다고 일어났다. 나는 한 마디만 더 들었다가는 숟가락으로 그 애 정수리를 찍을 거 같아서 "우석아. 너는 안 오는 게 나았겠다" 하고서 선배를 따라 나갔다.

영완 선배는 아까와 같은 자리에 서서 담배를 태우고 있었다. 옆에 가서 섰다. 할 말이 많은데 할 수가 없었다. 한번 입을 열면 제방은 무너지고 말은 봇물 넘치듯 나올 것이다. 지수가 죽은 결정적인 원인이 우리는 아니라고 서로 확인시키는 소모적인 대화가 끊이지 않을 것이다. 혹시 영완 선배가 조금이라도 나를 원망하려 들면, 정말 조금이라도 나를 비난하려 들면 당장 추태를 부리면서라도 싸워야 했는데 그러기에 나는 너무 슬펐고 죄책감을 짓이기는 데 너무 많은 힘을 쓰고 있었다. 지수와 연락이 닿지 않고 문득 그 애와 내가 끊어졌다는 느낌을 받았을 때 나는 찬물을 뒤집어쓰고 혼자 눈밭에 있는 것처럼 지독하게 외로웠다. 그런데 오늘부로 영완 선배까지 없어진다면 감당할 수 없을 것 같았다.

끔찍한 적막이었다. 돌아가야겠다고 걸음을 뗐다. 그 순간이었다. 50미터쯤 떨어진 맞은편 횡단보도에 무언가 서 있었다.

시뻘건 여자였다. 빨간 페인트를 머리부터 발끝까지 빈틈없이 바르고 맨손으로 마구 문지른 것 같았다. 신발도 신지 않은 채 우두커니 서 있었다. 빨간 피부와 너무나도 대조되는 하얀 선드레스가 너풀거렸다. 저거, 저 사람 보이느냐며 영완 선배 쪽으로 고개를 돌리니 영완 선배도 빨간 여자를 응시하고 있었다. 신호등의 불이 바뀌고 맞은편에 있던 빨간 여자가 우리 쪽으로 걸어왔다. 부스스하고 새빨간 머리가 화염처럼 너울거렸다. 피해야 할 것 같은데 몸이 굳은 듯 움직여지지 않았다. 빨간 여자는 나와 영완 선배에게서 불과 몇 발자국 떨어지지 않은 곳까지 가까워졌다. 영완 선배를 물러나게 하려고 나도 모르게 선배의 손목을 잡으려는 순간이었다. 빨간 여자가 우리 앞을 스치며 영완 선배에게 까딱, 목례를 했다.

그리고 영완 선배도 빨간 여자에게 목례를 했다.

빨간 여자는 나와 영완 선배 사이로 지나갔다. 빨간 여자가 내 왼쪽을 지나갈 때 여자의 시뻘건 살갗이 가까이서 보였다. 피부 안쪽에서부터 다홍색이 배어난 여자의 뺨에 불규칙하고 붉은 각질이 일어 있었다. 한눈에도 분장 따위가 아니라는 것을 알 수 있었다. 그것은 그냥 빨간 여자의 몸 그 자체였다. 내 시선이 빨간 여자의 광대뼈를 타고 눈에 도달하는 찰나, 여자와 눈이 마주쳤다. 빨간 여자도 지나가며 나를 보고 있었던 것이다.

빨간 여자가 어두운 복도 속으로 사라지고 나는 더 돌아볼 엄두도 내지 못한 채 우뚝 서 있었다. 나를 왜 본 걸까. 빨간 여자는 눈동자가 나를 볼 수 없는 각도에 이를 때까지 눈알을 돌려 나를 보았다. 그걸 아는 건 나도 빨간 여자를 끝까지 보았기 때문이다. 한번 마주친 시선은 떨어지지 않았다.

나는 영완 선배에게 물었다. "아는 사이예요?"

선배가 말했다.

하와이 사과

"아니, 모르는데."

이튿날 지수는 화장됐다.

신입생 때 정말 싫은 전공 교수가 있었다. 설익은 포부를 꿋꿋이 발화하는 우리들에게 영화는 어차피 망한 판이고 성공하는 인간은 극소수이니 반수를 해라, 경영학과를 가라, 영화를 왜 하느냐 하는 소리를 매 수업마다 하는 인간이었다. 교수의 말투가 너무나 은근하고 이타적으로 들려서 신입생인 우리는 돌 던져도 맞고 있는 개처럼 가만 앉아 미칠 것 같은 두 시간이 끝나기만을 바랐다. 그 와중에 진상인 애가 있었다. 교수가 기운 빼놓는 소리를 주절거리면 그 애는 손을 들어 '영화과 교수가 되면 성공한 것이냐'라든가, '그럼 교수님은 왜 영화를 하셨냐' '망했는데 왜 교수님은 아직 영화과에 계시냐' 하고 무례하기 그지없는 질문을 했는데 완전히 순진한 얼굴을 하고 물어서 교수가 별말 하지도 못했다. 눈을 반짝반짝 빛내면서 방긋 웃는 입가에 보조개가 폭폭 패는 그 애는 전체적으로 멍텅구리 같은 인상을 줬다. 그 애가 그런 질문만 하면 교수는 뭔가 자신을 변호해야만 할 것 같아지는지 장황하게 말을 뿜어냈기 때문에 둘의 만남은 그야말로 고역이었다.

하루는 수업에 늦은 내가 그 애 옆자리에 앉게 됐다.
웬일로 조곤조곤 강의 중이길래 조용히 넘어가나 했
더니 교수가 영화를 관둔 지인들에 대해 떠들기 시작
했다. 그들이 실제로 가졌을 수도 있는 전향의 동기 따
위는 철저히 생략된 채 그들은 실패의 표본으로 매도
됐다. 그것은 강의를 하다 불쑥 자괴감이 들 때 이 작
자가 취하는 습관적인 해소 방법인 듯했다. 강의실에
가벼운 절망감이 퍼졌다. 그때 보았다. 그 애는 필기를
하려고 펼쳐둔 노트에 '또 시작'이라고 적었다. 그리고
그 아래로 쭉쭉 '어쩌라고' '아 듣기 싫어……' 따위를
끄적이며 실시간으로 빈정댔다. 그리고 일순 눈을 갈
아 끼운 듯 표정을 밝히더니 손을 들고 예의 질문들을
하기 시작했다. 그때부터 나는 그 애가 너무 좋아졌다.
나는 다음 수업에서도 그 애 가까운 곳에 앉아 그 애가
손을 들고 호기심을 연기하는 모습을 즐겁게 지켜봤
다. 그 애가 지수였다.

몇 주 지나니 한 복학생 선배가 보다 못했는지 큰 목
소리로 능청거렸다. 교수님, 지옥 편은 알겠으니 이제
희망찬 얘기 해주세요. 말도 한번 안 터본 선배였는데
지수와 나는 수업이 끝나고 그 선배에게 달려가서 다
짜고짜 교수 욕을 했다. 선배는 사물함 문짝을 닫으며
우리 편을 들었다. 어제만 해도 우리와 늦게까지 어울

하와이 사과

리다 들어간 사이처럼 태연하게 옆에서 걸었다. 그 선배가 영완 선배였다. 우리 셋은 수업에 나가지 않기 시작했고 그 시간에 (성실하게도) 중앙도서관 1인용 시청각실에 굳이 끼어 앉아 영화를 봤다. 스토리보드지를 한 움큼 프린트해 우리가 교집합으로 좋아하는 한 시정 감독의 영화를 따라 그렸다. 마땅히 대여할 장소도 섭외할 배우도 없어 지수의 자취방이나 조악하게 차린 세트에서 서로의 목각 같은 연기에 얼굴을 붉히면서도 만들고 싶은 게 생기면 찍었다. 지수의 방에서 소설을 읽고 다람쥐 굴처럼 책을 쌓았다. 학기 말에는 교수의 수업에서 나란히 F를 받고 훈장같이 자랑스러워했다.

지수는 우리를 꼭 '우리'라고 부르면서 부지런히 셋을 묶고 이 덩어리감에 익숙해지게 만들었다. 알음알음 불려 간 현장에서 사람들이 나와 지수와 영완 선배를 '쟤네' '걔네'로 한데 묶을 때보다 지수가 '우리'라고 할 때가 훨씬 행복했다. 나는 우리를 사랑해 어쩔 줄 몰랐고 그들이 내게 차지하는 정신적 부피감이 너무 커서 한 명이라도 없으면 머리가 3분의 1쯤 빈 것 같았다. 교수의 말대로 누군가는 정말 반수를 해서 학교를 나가고 자격증과 행정 고시를 준비하러 하나둘 사라질 때 우리는 남았고 지박령같이 웅크려 영화를 만들었다. 그렇게 나와 영완 선배가 같은 해 졸업했다. 내 졸업 작품은 졸업 영화제에서 개막작으로 선정되었고 영완 선배는 자기 영화를 찍을 돈을 벌겠다고 프로덕션을 세웠다. 다음 해 지수가 국내 시나리오 공모전에서 대상을 타며 졸업했다. 은행 열매 냄새가 진동하던 지수의 졸업식에서 영완 선배는 사진을 찍으려고 뒷걸음으로 뛰다가 발목을 접질리면서 주저앉았다. 놀라서 달려가는데 영완 선배가 "비련하다!"고 외치더니 그대로 꺽꺽거리고 웃었다. 허둥대던 나와 지수도 낄낄거리기 시작했다. 다들 학사모 던지는 잔디밭에서 우리만 엎어져 웃었다. 우리는 같이 있기만 하면, 대부분 행복했다.

포포가 등장했을 무렵 영완 선배와 나는 성수에서 성북동으로 프로덕션을 옮겼다. 영완 선배의 사무실에 내가 합류할 때만 해도 둘이서 받는 외주비로 충분했는데, 2년쯤 지나자 월세가 뛰어서 못 버텼다. 사무실 크기가 더 좁아져서 가지고 있던 장비를 처분해야 했다. 영완 선배와 내가 필요한 것들은 각자 집에 넣어놓고 나머지는 팔았지만 한 번에 나가는 게 아니다 보니 회사도 미어터지고 집에 가도 어수선했다. 그러니까 저절로 머릿속도 정리가 안 되는 것 같았다.

포포 역시 나온 줄도 몰랐던 걸 지수가 말해줘서 알았다. 질리지도 않고 또 아류가 나왔구나 하는 나와 달리 지수는 포포라는 이름부터 싫다고 열을 올렸다.

"이름 귀엽게 붙여서 속이려는 거야."

"프로그램인데 어떻게 속아?" 나는 모니터에서 눈을 떼지 않고 말했다. 나는 포포에게 별 관심이 없었다. 시기도 시기였지만 좀 피로한 상태였다. 포포의 선배격 되는 시나리오 AI 모델들이 막 나오기 시작했을 때만 해도 지수와 줄기차게 그 얘기만 했다. 그러다 어느 하나라도 출시일이 되면 득달같이 써보고 이건 좋네 저건 구리네, 하는 호들갑을 떨기도 했다. 개중에는 업데이트가 되어 완성도 있는 시나리오를 써내기도 했지만 몇 번만 돌려보면 노골적인 클리셰 패턴 안에서만 반복되는 걸 알 수 있었다. 뭐 그냥 그 정도였다. 지수는 당장 포지션이 겹치니 나올 때마다 트라이얼을 돌렸지만 나는 점점 무뎌졌다.

그런데 포포의 소식은 나를 가만두지 않고 건드렸다. SNS를 켜면 피드가 포포 얘기로 가득했다. 내가 SNS로 구독하고 있는 사람들이야 대부분 작가들이나 영화계 인사였으니 알고리즘이 포포 얘기만 골라 퍼다 나른 것도 있겠지만 마치 합창처럼 다 같이 포포 얘기를 하는 건 알고리즘의 선택만으로 가능한 일이 아니었다. 지수는 눈에 띄게 불안해했다. 이마와 머리카락 경계에 있는 솜털을 자꾸 뽑았다. 어디서 구했는지 뜬금없이 봉숭아 물은 들이고 와서는 불그스름한 손톱으로 입술을 뜯었다. 최악은 다리를 떠는 습관이 생긴 거였는데 옆에 앉아 삭삭삭삭 옷 스치는 소리를 내는 게 거슬릴 정도였다.

"더 이상한 건 장 감독 있잖아. 피드백 막 장황하게 이만큼씩 써서 사람 진 빼놓는 그 사람. 초고 보냈더니 이 정도면 좋다는 거야. 그리고 끝이야. 수정고 없어."

그것도 포포 때문이라는 게 지수의 주장이었다. 그때쯤 외주 의뢰가 거의 끊긴 지수는 물건을 소포장하는 단기간 알바를 하러 다녔는데 일이 끝나면 우리 사무실로 와서 삭삭삭삭 소리를 내며 포포 얘기를 했다. 포포의 구독료가 한 달에 4만 원이 채 안 되는데 수정고를 무한정 뽑아내니 등신이 아니고서야 작가 대신 포포를 쓰지 않겠냐고 자조하는 게 주 내용이었다. 갓 이사한 7평 사무실에 틀어박혀 먼지 냄새 나는 생활을 견디는 내게 지수의 다리 떠는 소리는 꽤 거슬렸다. 다음 해 여름에 나는 영완 선배와 같이 감독하기로 한 우리 작품의 크랭크인을 해야 했다. 영완 선배가 그 작품에 '나무는 소리를 내지 않는다'라는 타이틀을 붙이고 투자처를 잡으러 밖으로 돌기 시작했을 때 나는 영완

하와이 사과

선배 몫까지 맡아 프로덕션을 돌리느라 하루에 네 시간을 겨우 잤다. 내가 도망가지 않은 이유가 있다면 빨간 볼펜으로 스토리보드에 깨알 같은 연출 노트를 적어뒀기 때문이다. 그걸 찍을 생각으로 버텼다. 제작비를 제때 마련하는 것만이 내게 중요했다. 그래서 마감 내에 작업을 끝낼 수 있도록 지수가 다리 좀 그만 떨어줬으면 했다.

지수는 아무리 밥을 사줘도 거짓말처럼 말라갔다. 크랭크인하기 직전 프로덕션에 한 웹드라마 제작이 걸려 있었는데 지수는 그 시나리오를 당연히 자기가 맡을 거라 생각하는 것 같았고 내가 종이 귀퉁이가 휠 때까지 스토리보드를 들춰 보듯 지수도 그 생각으로 버티는 것 같았다. 지수는 그저 쓸모 있어지기만을 바랐다. 보증금을 까이면서도 서울에서 뭉갰다. 그래서 나도 지수 생각대로 할 계획이었다. 그랬다. 영완 선배가 투자처와 미팅을 하고 와서는, 그들이 마지막으로 제시한 금액이 우리의 예상에 훨씬 못 미친다는 얘기를 했을 때도, 그때도 변함없었는데, 외주를 끝내고 시간이 났다. 나버렸다. 포포의 트라이얼을 켜보고 지수의 말을 이해했다.

나와 영완 선배 앞에 앉은 지수는 우리 둘을 번갈아 보고 되물었다.

"지금 이게 무슨 상황이에요?"

돌려 말한 것도 아니었는데 지수는 믿고 싶어 하는 것 같지 않았다.

"말한 그대로야. 그렇게 됐어." 영완 선배가 말했다.

"그렇게 됐다니? 그렇게 되는 게 어딨어요. 결국 선배랑 연재 둘이서 나 빼기로 한 거잖아요."

영완 선배는 지수의 시선을 피하며 입을 다물었다. 지수가 나를 보더니 말했다. 힘이 들어간 눈에 배신감이 그렁그렁했다.

"너 뭐 하자는 거야. 나 안 그래도 지금 뭐 없어. 아무것도 없다고."

"곧 감독님들한테 연락 올 거야. 피디들한테도……"

"나랑 일하기 불편한 거 있어? 내가 서운하게 한 거 있어?"

나는 고개를 저었다.

"그럼 뭐가 걸려서 그래. 뭐가…… 페이가 문제야?"

아무것도 모르는 체하며 교수를 골렸던 것처럼, 지수는 당돌할 정도로 자신감이 있어서 동기들 기를 죽이곤 했는데 구차해지는 게 보기 힘들었다. 이미 피디들이나 감독들이 일을 끊은 후였으니 지수의 붕괴는 상당히 진행됐는지도 몰랐다. 다들 한 대씩 때렸으면서 욕은 마지막에 쓰러뜨린 사람이 받기 마련이다. 차

하와이 사과

라리 우리가 가장 먼저 얘기했다면 지금 더 수월했을까…… 여기까지 생각하고 가슴이 철렁했다. 나 편하자고 이렇게 무심해지는 게 놀라웠다.

"어? 페이가 문제야? 그럼 안 받을게."

"뭐?" 영완 선배가 나지막이 뱉었는데, 반가운 게 아니라, 결코 아니라, 탄식에 가까운 목소리였다. 지수가 지금 수입이 전혀 없다는 거야말로 우리 다 알고 있었다.

"내년에 찍는 거 제작비 모아야 돼서 그런 거 아니에요? 이거 내가 페이 안 받고 쓸게요. 연재, 내가 할게. 내가 빨리 쓸게."

지수가 모호한 문장의 뜻을 정확히 짚은 듯이, 그리고 정답을 낸 듯이 웃었다. 나는 질끈 눈을 감았다.

"지수야, 그게 아니고."

영완 선배가 고개를 돌려 나를 봤다. 말하지 말라는 눈치를 줬다. 하지만 지수는 쉽게 떠나지 않을 거였고, 우리가 다른 것도 아닌 돈 때문에 지수에게 시나리오를 맡기지 않는다는 오해를 사기도 싫었다.

지수를 이해시킬 방법, 지수가 우리의 결정을 받아들일 수 있는 방법은 하나뿐이었다. 지금 지수가 불안해하고 있을 이유…… 그러니까 실력, 결과물 때문이라고, 사실대로 말하는 수밖에 없었다.

"너보다 저게 잘 써."

지수가 미간을 좁혔다. "포포?"

나는 끄덕였다.

"대사도 자연스럽고 클리프행어도 적절하고 신 연출도 괜찮아. 너랑 작업하게 되면 늘 포포로 썼다면 어땠을지 궁금할 거야. 이 쇼도 나한테 들어온 일이고, 내 이름 걸고 들어가는 작업인데, 더 잘할 수 있다는 거 알면서, 더 잘 뽑을 수 있다는 거 알면서 계속 아쉬워하기 싫어. 언젠가 너도 포포만큼 잘 쓰게 되는 날이 오겠지. 근데 그러려면 너는 엄청 고생해야 하잖아. 시간도 걸리고, 일일이 써봐야 하고, 우리랑 조율해야 하고, 그러면서 너도 상처받잖아. 그런 감정적인 트러블을 겪고 싶지가 않아."

지수는 나를 보기만 하더니 고개를 툭 떨궜다. 한참 있다 지수가 말했다.

"하연재. 나 갈 데 없어, 지금. 나 없어지게 생겼다니까?"

"그렇지 않아." 나는 이 말이 진심으로 지수에게 위로가 될 거라고 생각했다.

"직업의 소실은 존재의 소실과는 다르니까. 작가라는 직업이 없어져도 너라는 인간이 없어지는 건 아니니까."

하와이 사과

지수는 가만히 우리 건너 어딘가를 내려보더니 갑자기 너털거리기 시작했다. 웃음이 잦아들더니 지수가 자리에서 일어나 가방을 챙겨 문으로 걸어갔다. 문 손잡이를 잡고 지수가 뒤돌아 말했다.

"너, 그게 날 생각해서 하는 말 같지? 하나하나 곱씹어봐. 얼마나 개 같은 말인지."

지수가 문 손잡이를 내렸다.

"네가 그런 말 들으면 무슨 기분일지."

그게 마지막이었다.

외주 시나리오를 지수가 맡았다면 떼 줬을 돈으로 고스란히 투자의 공백을 메워 「나무는 소리를 내지 않는다」의 예산안을 완성했다. 영화의 메인 로케이션을 섭외하는 데 실패해 시나리오를 엎었지만 지수 대신 포포와 썼다. 지수는 내 전화도 문자도 받지 않았다. 그날 지수가 사무실을 나가면서 내 삶에서도 나갔다는 것을 깨달을 무렵 언제나 콤콤한 냄새가 코를 따라다녔다. 선배가 허공에 코를 킁킁대며 아무 냄새도 나지 않는다고 여러 번 확인해주었는데도 분명히 났다. 지수의 빈자리에 두었던 내 축축한 그리움이 드디어 터지고 곪으면서 풍기는, 내 안에서 새어 나오는 악취라고밖에는 설명이 안 되는 냄새였다.

배급사 백 대표로부터 서울국제단편영화제 국제 경쟁 부문에 「나무는 소리를 내지 않는다」가 올랐다는 소식을 들었을 때 나와 영완 선배는 아는 사람 모두에게 떠벌거렸다. 그것으로 이 작품이 닿을 수 있는 최장 거리를 갔다고 생각했다. 말하자면 만족했다. 그러니까 최우수상을 받았을 때 우리는 넋이 나가버렸다. 수상 소식을 전하는 영화제 위원의 전화에 영완 선배는 "네?" 하더니 이내 "아아" 하고는 뒤끝을 늘였는데 위원으로부터 생각보다 기뻐하지 않으신다는 소리를 들었다. 영완 선배의 말을 듣고 나도 네? 하고는 아아…… 했으니 내가 전화를 받았어도 반응이 별반 다르지 않았을 것이다. 나는 일어나 얼이 빠진 영완 선배의 손을 잡았다. 영상을 추출하면서 돌아가는 컴퓨터 팬 소리, 쇠냄새 나는 촬영 장비, 대충 밀어놓은 대본 더미 사이에 선 선배의 얼굴에 미소가 번졌다. 영완 선배가 손아귀에 힘을 줬다. 손톱이 하얘질 정도로 세게 손을 맞잡았다.

　수상을 해도 하연재나 고영완의 이름은 단번에 알려지지 않는다. 하지만 이번 경쟁은 규모가 달랐다. 영화 평론가들이나 몇몇 마니아들만이 알지라도 나름의 인지도가 생긴 것이 기뻤다. 시상식 단상에서 소감을 얘기하는 영완 선배 옆에 서 있는데 명치가 꽉 차오르

　　　　　　　　　　하와이 사과

는 느낌이 들었다. 어딘가 저장해두고 죽을 때까지 꺼내 쓰고 싶은 기쁨이었다. 축하는커녕 돈도 안 되는데 뻘짓한다는 소리를 듣기 싫어서 경쟁에 올랐단 소식도 전하지 않았던 언니에게도 시상식 사진을 보냈다. 스태프 몇 명과 함께한 뒤풀이에서 '존경하는 고영완 감독님'이 한 마디 할 때마다 박장했다.

영완 선배가 이 말을 하기 전까지는 그랬다.

"3 대 7?"

"네?"

"3 대 7이면 되려나? 그럼 한 6백 되네. 괜찮지?"

무슨 말인지 좀체 알아듣지 못하는 나에게 영완 선배가 한 말은 이랬다. 레이아웃을 잡은 나보다 실제 촬영을 맡았던 영완 선배가 더 많은 연출적 기여를 했다. 나도 빠짐없이 들어가 다섯 시간이고 일곱 시간이고 떠든 회의에서 나온 핵심 아이디어는 영완 선배가 낸 것이다. 심사평에서 천편일률적으로 언급되는 미장센과 주제 의식도 다 영완 선배의 것이다.

"하연재. 이런 말까지는 안 하려고 했는데 내가 너랑 같이 감독으로 올라가는 게 맞아? 애들한테 물어봐. 네가 현장에서 감독 롤을 했어? 애들이 네 이름은 조연출로 내리라고 하는 걸 내가 너 고생한 게 있어서 그대로 둔 거야."

그러게요. 그 말까지는 하지 마시지. 말문이 막히고 눈물이 솟았다. 지금 내 옆에 지수가 앉아 이 개소리를 듣고 있다면. 나도 형용할 수 없는 이 감정에 적절한 단어를 씌워 정확히 전달했겠지. 나보다 내 마음을 더 잘 말했을 것이다. 나는 흥분으로 더듬거리며 그동안 고생한 게 얼마인데 이런 식으로 태도를 바꾸느냐고 언성을 높였다. 영완 선배는 시종일관 낮은 목소리였다. 내가 하극상이라도 일으키는 듯이 쳐다봤다.

분위기가 심각해지니 스태프 몇 명이 담배를 피우자며 영완 선배를 밖으로 데리고 나갔다. 미술 팀이었던 스태프 하나가 내 옆에 와 앉아서 등을 쓸었다. "고 감독님이 원래 좀 인정받고 싶어 하고 그러시잖아요. 이번에 너무 힘들게 작업해서 이런저런 생각이 많이 드셨나 봐요."

이건 또 무슨 소린가.

"나나 영완 선배나 같은 부류 인간이에요." 나는 겨우 입을 뗐다. "나도 미친놈처럼 해요. 나도 인정받고 싶다고요."

영완 선배는 결국 일을 저질렀다. 이튿날 오후 영화제 측에서 연락이 왔다. 고영완 감독님으로부터 시나리오를 포포가 썼다는 사실을 전해 들었으며 수상 여부에 대해 내부 논의를 거쳐야 하니 본부로 와달라고 했다. 영완 선배에게 결과가 어떻게 되든 선배는 미련한 짓을 저지른 것이고 프로덕션은 그만두겠다는 장문의 문자를 보냈다. 잠은 거의 자지 못하고 떨면서 도착한 본부 사무실에는 영완 선배가 먼저 앉아 있었다. 시나리오 파일들을 준비해 갔지만 이미 영완 선배가 전부 공개한 상태였다. 나는 초고를 포포'로'('가'가 아니다) 썼지만 디렉션은 내가 입력한 것이고, 마지막 탈고는 내가 했다고, 있는 그대로 말했다. 위원회 사람들은 네 명 정도 있었는데 다들 반응 없이 내 얘기를 들었다. 이미 결론은 자기네들끼리 내리고 나를 부른건 형식적인 것 같았다. 위원회는 영화제 차원에서 포포를 허용할 것인가 말 것인가 하는 논의를 한 적이 없기 때문에 관련 규정도 마련되지 않았으므로 수상을 취소하지 않겠다는 결정을 했다. 누가 무엇을 작업했는지에 대한 크레디트는 제작진 내부에서 해결할 문제라고 했다. 너네 싸움은 너네끼리 알아서 하라는 뜻으로 들렸다.

"선배, 대체 무슨 생각이에요? 왜 이제 와서 그래요? 날 공격하면 선배까지 죽는 거 몰라요?"

회의실을 나와 영완 선배에게 물었다. 영완 선배는 피곤해 보였다. 갑자기 영완 선배가 자기 결정에 확신이 있었을까 하는 의문이 들었다.

"확실히 해야지. 아니면 의욕 없어서 못 하지."

영완 선배는 뭔가 더 말하려다 입을 다물었다. 그 주에 성북동 사무실의 자리를 정리했다. 몇몇 스태프들이 힘을 보태 상금은 기어코 절반을 받아냈다. 치졸하고 지난한 시간이었다.

『씨네필』에서 평론가들이 분기마다 주목할 만한 영화로 선정한 작품을 구해서 보는 게 우리 나름의 행사였다. 우리가 좋아한 감독이나 작가가 얼마 후 다른 작품으로 다시 나타나면 우리는 멀리 사는 친구의 소식을 들은 듯이 반가워했고 그들의 현재와 나의 미래를 동일시하고는 했다. 수업 준비를 하려고 『씨네필』을 뒤적이니 그때 생각이 났다. 신촌에 있는 사설 영화 아카데미의 강사 라운지는 낮이면 텅 비었다. 혼자 있는 것이 좋았다. 다른 강사들이랑 마주치기 싫었다. 이야기하는 것 자체가 피로스러웠다.

선정작의 감독은 미국의 신인이었다. '애비 에이프릴'의 링크를 따라 그의 작품을 구매해서 보았다. 가벼운 충격을 받을 정도로 잘 만든 영화였다. 감독의 필모그래피는 더 놀라웠다. 애비 에이프릴은 단편조차 찍은 적이 없었다. 처음 찍은 장편 데뷔작으로 단번에 스

하와이 사과

포트라이트를 받다니, 나는 약간의 자괴감을 느꼈다. 어디든 천재는 있었고 나는 타고난 이들은 질투하지 않기로 일찌감치 마음을 먹어뒀지만 이럴 때마다 절망스러운 건 사실이었다. 이 감독도 부끄러운 졸작을 수없이 만들었겠지. 나는 조바심을 눌렀다. 엄밀한 승부라는 것이 가능하고 온당한지 의심되는 세계에서 승리에 비견하는 찬사와 명예를 얻고 싶어 하는 내 기질은 오래됐다. 이 기질은 사람을 조급하게 만들고 조급한 인간은 꽤 많은 경우 어딘가 없어 보이기 때문에, 이런 모습이 드러날 때면 부끄러웠고 속내를 다 들킨 것같이 민망했다. 지수와 영완 선배가 좋았던 것은 그들 역시 열망가로 태어나 형태도 없는 걸 얻으려고 이를 바득바득 가는 모습이 나 같았기 때문이다. 그들은 내가 어디서 사소한 우월감을 느끼고 와서는 하루 종일 대놓고 고양되어 있을 때에도 나를 인정하고 사랑하고 존경하고 이해했다.『씨네필』을 말아 줬었다. 눈을 감고 고개를 젖혔다. 여하간 지금은 나 혼자다.

애비 에이프릴의 작품을 따라 레이아웃을 그리고 공식 석상에 모습을 드러내지 않는 그가 서면으로 보낸 인터뷰 전문을 읽으며 그에 대해 연구한 지 보름쯤 되던 어느 날이었다. 글로벌 IT 기업 X가 돌연 본사 SNS 계정으로 발표문을 올렸다.

'애비 에이프릴은 가상의 인물이며 애비의 영화는 X의 산하 개발 팀이 개발한 AI 영화 제작 프로그램으로 만든 것입니다.' 혜성처럼 나타난 신인 감독인 척 홍보 효과를 톡톡히 얻은 X는 동시에 '당신의 이야기를 영화로 만들어줄 감독'이라는 프레이즈와 함께 영화 제작 AI 프로그램을 '애비 에이프릴'이라는 이름 그대로 출시했다. 나는 혼란한 중에도 그 자리에서 애비의 트라이얼을 받아 사용해보았다. 수많은 영화 포스터들, 그러나 존재하지는 않는 영화의 이미지들이 안개 속에서 나타나 화면에 깔렸고 애비의 대사 텍스트가 스크린에 나타나며 말을 걸었다.

Yeonjae, 네가 만들고 싶은 영화는 뭐야?

이윽고 그 아래 커서가 깜빡였다. 텍스트를 입력하는 박스 같은 것도 뜨지 않고 화면 위에 둥둥 떠 있었다. 나는 「나무는 소리를 내지 않는다」의 줄거리를 생각나는 대로 입력했다. 곧 애비는 이렇게 대답했다.

Yeonjae, 이 이야기는 대한민국의 Youngwan Ko, Yeonjae Ha가 만든 「Trees Make No Sound(*나무는 소리를 내지 않는다*)」(2025)와 무척 비슷해!

그 영화를 본 적이 없다면 아래 링크를 방문해봐.

    그 아래에 「나무는 소리를 내지 않는다」에 관련한 영상들을 볼 수 있는 링크가 주르르 떴다. 내가 알겠다고 하자 애비가 다시 무슨 얘기를 하고 싶으냐고 물어봤다. 나는 되는대로 입력했다.

연재라는 한국의 여자가 미국의 감독
애비 에이프릴이 인공지능이었다는 걸 알게 돼.
연재는 진짜 황당해. 왜냐하면 연재는
애비 에이프릴이 사람이라고 믿고 있었거든.

흥미롭다! 그런데 네 이야기는 너무 짧아. 더 말해줘.
아님 내 제안을 원해?

    나는 망설이다 대답했다.

그래. 네가 한번 써봐.

    순간 '포포도 없어지겠네' 그런 생각이 스쳤다.
    시놉시스를 승인하니 애비는 기다렸다는 듯이 질문을 쏟아냈다.

장르는 뭐야? (보기로 '로맨스' '코미디' '스릴러' '호러' 등이 뜨고 세 개까지 선택할 수 있었다. 장르를 두 개 이상 선택하니 파이 그래프가 떴다. 각 장르의 비율을 어느 정도로 할 것인지 영역을 드래그해서 정해야 했다.)

이 영화를 보는 사람들의 나이대는? ('유아' '아동' '어린 청소년' '십대' '청년'……)

이 영화를 보는 사람들은 어떤 성별을 가졌어? ('여성' '남성' '논바이너리' '규정하지 않음'.)

잔인하게 만들까? 우리가 '성인' 관객을 위한 '스릴러' 장르를 만들기 때문에 하는 질문이야! (0부터 10까지의 스케일이 있었다.)

야하게 만들까? 우리가 '성인' 관객을 위한 '로맨스' 장르를 만들기 때문에 하는 질문이야! (0부터 10까지의 스케일이 있었다.)

'연재' 역할로는 어떤 이미지의 배우가 좋을까? (커서가 떠서 직접 입력해야 했다.)

몇 번인가 더 답하고 나니 애비가 손을 털듯이 물었다.

좋아. 더 말할 거 있어?

나는 쳤다. 가능한 한 추상적으로. "개네들은 모종의 상하 관계가 있어. 그게 잘 느껴지게 해. 전체적으

하와이 사과

로 불안한 느낌이 들게." 엿 먹어라. "그리고 바다 같은 느낌을 내봐."

느리게 팬하며 훑는 세로형 세트. 측면에 쏠린 채 목만 자른 레이아웃. 한쪽 눈에만 쌍꺼풀이 있는 연재의 뒤로 오가는 행인들, 그들의 물결치는 머리 선. 불규칙적인 자동차 소음, 쏴아— 하고 도로를 긁는 타이어 소리. 트라이얼의 5분가량 맛보기 영상에 그대로 욱여넣은 애비.

나는 애비가 무서웠다. 프로그램도 사람도 기계도 귀신도 아닌 미지의 존재와 이야기하는 것 같았다.

수업에서 한 수강생이 애비에 대해 물었다. "선생님, 우리는 어떻게 되는 거예요." 웃는 얼굴이지만 애비의 등장이 영화인의 종말이라도 되는 듯이 비장한 그 학생에게 나는 어떻게 대답해줘야 할지 말문이 막혔다. "애비는……" 당장 수입이 궁했을 뿐 후진 양성에 별열정도, 누군가를 가르칠 만한 기술도 없으면서 냅다 강사직을 잡은 것이 후회되는 순간 중 하나였다. "유용한 툴이죠." 고민한 것치고는 판에 박힌 대답이었는데 내가 생각하는 애비의 가장 정확한 정의이자 바람인 것 같기도 했다.

"선생님, 그럼 그 종강 과제 애비 써서 만들어도 되

나요?"

"안 되죠."

나도 모르게 이 질문에 대해서는 단박 안 된다는 소리가 튀어나왔다. 질문한 학생은 약간 놀라더니 입술을 달싹거렸다.

"툴인데 왜 안 돼요……?"

그러게. 툴인데 왜 안 될까.

"영화를 이해하려면 직접 손으로 만들어봐야 해요. 우리한텐 아직 그 경험이 필요해요."

학생은 그게 무슨 말인지 잘 이해하지 못하는 듯했다. 하지만 추가 질문은 하지 않았다. 감사하게도.

학생들이 종강 과제를 내는 여름에는 나도 개인작을 하느라 꽤 바빴다. 후려치다시피 낮은 단가였지만 상금은 배우와 스태프들에게 작업료로 주었다.

같은 신을 수십 번 돌려 보느라 눈이 시렸다. 프레임 단위로 잘라 편집을 하고 있을 즈음 시기가 맞물려 수강생들이 단편을 제출했다. 파일을 하나씩 켜보는데 뭔가 이상했다. 아마추어들이 저예산으로 만들었다기에는 퀄리티가 너무나 그럴싸했다. 나는 수강생들에게 종강 과제에 애비를 사용하지 말 것을 조건으로 걸었음에도 불구하고 애비를 사용했다는 것을 한눈에

하와이 사과

알아챘다. 공지로 수강생들이 애비를 사용한 것을 지적할까 하다가 그건 그것 대로 비참한 구석이 있어서 말았다. 돈 받는 입장에서 바람직한 태도는 아니지만 과제들은 대충 훑어본 뒤 피드백도 몹시 성의 없게 적어 메일로 발송했다. 아무도 관심 가지지 않는 말을 허공에 외치는 기분이었다. 한 학기 동안 수고했다는 말을 덧붙였다. 수고는 했는데 너네들은 진짜 감독이 되기는 힘들 거예요. 그 마음은 그들이 진짜 감독이 되지 말아야 한다는 주장에 가까웠다.

시선을 살짝만 돌리면 모니터로 네 사람의 풀 숏이 보였다. 내 오른편에 앉은 사회자가 끄덕이는 척 피디 쪽을 돌아봤다. 당혹스러워하는 게 느껴졌다. 두 감독은 이제 나와 사회자 따위는 없는 듯 거의 서로를 마주 보고 앉아 있었다. 이름은 즉시 까먹었지만 여하간 굽이치는 단발을 레고 머리처럼 고정시킨 감독의 새치 난 뒤통수만 보고 있을 뿐 전혀 끼어들지 못하고 있는 모지리가 나였다. 영상 옆으로 질문들이 툭툭 올라가고 있었다. 하연재라는 저 사람은 저기 앉아서 뭐 하는 거냐는 질문(처럼 보이는 비꼼)이 올라올 것 같아서 무슨 말이라도 하고 싶었지만 이제 간담회는 레고 감독과 그 옆 캡모자를 쓴 감독의 토론회에 가까웠다.

날이 선선해지자 영화제들이 곳곳에서 폭죽 터지듯 열렸다. 백 대표는 애비 '덕'('때문'이 아니다)에 배급사를 차린 이후로 이렇게 많은 작품을 다뤄본 적이 없다며 답장이 늦어진 것을 사과하더니 뜬금없이 인터뷰를 요청했다. 한 줄짜리 가십이라도 좋으니 평론가들이나 관계자들이 내 작품에 대해 얘기한 게 있으면 알려달라고 연락한 건데 웬 인터뷰인가 싶었지만, 이 기회에 영화제 피디에게 직접 물어봐야겠다 싶어 하기로 했다.

애비와 관련된 간담회를 서울국제단편영화제가 처음 여는 건 아니었다. 왜 굳이 나를 불렀나 보니 애비를 사용하지 않은 차기작을 출품한 기성 감독 셋을 부른 거였다. 큐가 나자마자 후회했다. 애비로 만든 영화는 누구의 것이냐는 첫 질문에, 일단 이미 질문에 영화제 입장이 반영되어서 황당하다고 생각했고, 감독의 것이라고 몇 마디 했다. 그게 끝이었다. 나 다음으로 갑자기 '영화는 무엇인가' 하고 영화 철학적으로 파고 들어가는 레고 감독의 기세에 캡모자 감독도 대차게 말리더니 경험이 얼마 없는 듯한 사회자도 뻘뻘대며 빨려 들어갔다. 내 대답은 가뿐히 씹히고 말았다.

몇 번의 핑퐁이 오가고 레고 감독은 관자놀이를 괴었다.

레고 근데 우리, 까놓고 얘기하자고요. 우리가 그걸 원하냐고요. 애비가, 그래, 들어와요. 들어와서 이제 다, 여기 계신 분들도 다 영화 만들어요. 집에서. 그냥. 앉아서. 그때의 영화가 우리가 지금 하는 영화랑 의미가 같을 거냐고요. 그때 가서, 의미가 변질된 그 영화, 그냥 아무나 찍고, 넘쳐나고, 고만고만하고, 거장 의식도 삭제된, 그걸 하고 싶냐고요. 보고는 싶을까요? 전 아니라고 봐요. 감독님이 말한 거, 날씨 때문에 스케줄 때문에 뭣 때문에 못 찍는 숏, 아쉽죠, 당연히. 내 머리 안에 있는 대로 그대로 나왔으면 좋겠다 생각하죠. 근데 그렇게 삑나는 것도 영화 일부잖아요. 갑자기 생기는 우연, 현장에 갑자기 날아드는 새, 배우가 갑자기 친 애드리브. 그게 바로 감독님이나 저나 여기 있는 하 감독님이나 하겠다고 한 영화잖아요.

모지리, 갑작스러운 부름에 살짝 반응.

캡모자 감독님, 한발 물러나서 보세요. 기성 감독 입장에서 그렇죠. 한 개인으로서 감독 차원에서 보면요. 그런데 우리는 영화인이기도 해요. 전 의미가 변한다고 해도 영화가 어디까지 갈 수 있는지 보고 싶어요. 그 변화가 반드시 가치 추락도 아닐 거 같고요. 이럴 때 있잖아요. 재현할 때, 이미지 찾고 로케 조사하고 당사자 인터뷰하다가 공칠 때, 그것보다 그냥 당사자 본인이 그냥 만들 수 있으면 얼마나 정확하게 나올지…… 영화의 표현 영역이 얼마나 넓어질지 궁금하지 않으세요? 얼마나 많은 이야기를 양지로 끌어낼지 궁금하지 않으신가요? 전 그게 영화의 발전이라고 믿어요. 영화의 영역과 가능성을 확장하는 게 영화인으로의 제가 취하고 싶은 자세예요. 애비는 그걸 위한 도구일 뿐이에요. 태블릿이 생겨도 4B연필이랑 콩테를 쓰잖아요. 그냥 감독이 쓸 수 있는 도구가 하나 더 생기는 거예요.

레고, 답답한 듯 얼굴을 쓸어내린다

하와이 사과

레고 그게 왜 도굽니까…… 태블릿이 그림 대신 그려주나요. 창작에 기여하는 수준이 다른데 같은 선상에서 거리를 잽니까. 얘는 도구가 아니에요. 한번 들이는 순간 지위를 인정하지 않을 수 없단 말입니다. 애비가 그 지위를 스스로 득했기 때문이 아니라 그렇지 않으면 전적으로 감독의 창작물이라고도 할 수 없기 때문에 그래요. 결과물은 있는데 창작자가 없는 상황이 된다고요. 그럼 조연출로? 배우로? VFX 아티스트로? 우리 다 그 크레디트, 아무도 안 보는 거, 극장에선 불 켜지면 나가고 집에서는 꺼버리고, 거기에 이름 하나 박자고 전전긍긍하는데, 애비가 사람도 아닌데 공을 인정하는 게, 롤을 떼 주는 게, 우리가 그게 납득이 되냐고요. 그럴 마음이 있냐고요.

모지리가 곁눈질로 사회자를 본다.

사회자, 중재하려고 손을 들었다가 내린다. 당황한 기색.

캡모자 그럴 마음이 있고 없고의 문제가 아니에요,

감독님. 이미 일어난 일이니까 어떻게 해야

하는지를 논해야죠.

레고　　(내 말이 그 말) 그러니까요. 쓰지 말자고

요. 억셉트하지 말자고요.

컴컴한 관중석에 시선을 던졌다. 들러리 신분도 고
달파서 한 시간이 넘어가니 얼른 끝났으면 했다. 덥다.
모르겠다. 좋은 게 좋은 거. 박수 치고 해산. 가만 있자
니 점차 눈이 어둠에 익숙해졌다. 앞에 있는 관중 모습
이 보이기 시작했다. 테이블 좌석은 다 차고 뒤편에 입
구가 있는 곳까지 사람들이 서 있었다. 이름도 얼굴도
처음 듣는 감독에게서 힌트라도 얻으려고 와 있었다.
하나같이 혼란하고 하나같이 타고 있다. 조명 때문에
더운 줄 알았더니 아니다. 난해한 영화를 보기 위해 기
차와 비행기까지 타고 서울에 온다. 몇 시간 동안 어둠
에 갇혀 영화만 본다. 영화를 만든다. 배운다. 쓴다. 나.
고영완. 신지수. 그들의 흔들리는 눈빛. 어떻게 되든
좋은 건 없다. 문득 모두 날 쳐다보는 것 같아 움직일
수가 없었다. 이 시선들, 이 상황, 이 무대. 나에게 어떻
게 할 것이냐고 묻고 있는 자리였다.

인터뷰가 끝나자 두 감독님은 약속이나 한 듯 쌩하
니 행사장을 빠져나갔다. 나는 느릿느릿 짐을 챙기다

　　　　　　　　　　하와이 사과

피디가 스태프와 얘기를 끝내자마자 다가갔다. 피디는 조금 전의 인터뷰가 망했다고 생각해서인지 절망적인 얼굴이었다. 게다가 행사 기획 담당이라 출품작 관련해서는 아는 게 없었다. 딱히 미안할 건 없지만 연신 사과하는 피디에게 괜찮다고 손사래를 치다 물었다.

한 가지 더 궁금한 게 있었다.

"왜 고영완 감독님 말고 저를 부르셨어요?"

피디는 약간 어리둥절하는 게 내가 이미 알고 있는 줄 아는 눈치였다. "고 감독님은 인터뷰 원치 않는다고 하셔서요. 대신 하 감독님께 연락해보라고 하시던데요."

"고 감독님이 그러셨어요?"

"네!"

피디가 고 감독님은 잘 계시냐고 물었다. (그분과는 인연을 끊었고 되도록 잘 안 계시길 바라고 있습니다만) 잘 계시다고 대답했다. 고 감독님은 어떤 차기작을 작업 중이시냐 하기에 (돈독이 오른 분이니 제작비를 처발라 뭐든 만드셨을 것이므로) 준비되면 보실 수 있을 거라고 했다.

그런데 영완 선배가 먼저 나한테 연락해보라고 했다고? 왠지 곱씹어보게 되는 말이었다.

그때 손에서 진동이 울렸다. 수업을 했던 아카데미에서 온 전화였다.

프라하국제영화제 단편 경쟁에서 우수상을 수상한 그 작품은 저조한 출석률에 실습도 도통 따라오지 못하던 수강생이 종강 과제로 냈던 것으로, 내가 대충 보고 넘긴 단편 중에 하나였다. 영화는 내용도 생각 안 나고 학생과는 말 한마디도 섞어보지 않았던 터라 소감으로는 뭐라고 말했을까 싶어 검색을 하니 인터뷰 기사가 있었다. 제목. 영화란 말하고 싶은 것만 있으면 만들 수 있는 것. 글자가 멀어지며 눈앞이 아득해졌다. 이거 내가 한 말이잖아.

"영화 감독이 되고 싶은데 내게 필요한 게 뭘까 생각해봤어요. 어떤 사람이 영화를 만들 수 있는지, 사실 무슨 자격이라는 게 있는 게 아닐까, 하고요. 애비가 나왔으니 이제 그런 게 없죠. 영화는 하고 싶은 말만 있으면 만들 수 있는 거예요. 저 같은 사람도 제작비, 뭐 인력, 연출력, 몇 년씩 하는 훈련 없이 영화를 만들 수 있게 됐으니까요."

그건 우리가 이따금 비관적이어질 때 용기를 얻으려고 하던 말이었다. 우리 아무리 쥐뿔 없어도 가슴에 할 말이 있기만 하면 만들 수 있다고, 그걸로 됐다며

하와이 사과

지수가 한 말이었다. 이걸 수업에서 왜 말했더라. 미쳤다고 이 귀한 걸 발설해 의미를 오염시켰지. 의미도 느낌도 전혀 다른데 '그런 말이 아니었어'라고 혼잣말하는 것 외에는 딱히 반박할 방법이 없었다.

아카데미의 실장은 기쁜 목소리로 나를 축하했다. 나의 '제자'가 인정을 받았으니 그의 멘토인 내가 응당 자랑스러워할 거라고 생각해서 그런 건지 아니면 자기네 기관에서 공모전 수상자가 나와서 그런 건지 모르겠지만 내 것 아닌 영광이었다. 그는 내게 다음 학기에도 수업을 맡아줄 수 있느냐며 강의 소개 글에 이 이력을 넣으면 수강생이 더 많이 모집될 거라는 말도 덧붙였다. 대답은 않고 전화를 끊었다. 바람이 불자 나무가 빗소리를 냈다. 행사장 뒷문 공터에 세워진 세단 위로 마른 나뭇잎이 떨어졌다. 나는 뭣도 없다. 소속도 수입도 없다. 모은 돈은 이번 작품에 전부 썼다. 어디서도 경쟁에 못 올랐지만. 그런데도 내가 할 수 있는 말이라고는 '싫어'를 갓 배운 아이처럼 도리질을 치면서, 싫습니다. 싫어요. 그냥 절대로 싫습니다, 하는 것 정도였다. 가능하면 이 모든 것을 무한히 부정하고 싶었다.

이번 영화에서 사용할 감독명은 _____.

☐ 계정 이름과 동일.

하와이 사과

*

[오전 3:24 갓지수] 근데 주인공이 아빠 소매 보기 전에 내레이션으로 "풀, 바람, 무지개 미끄럼틀, 4단지 왕산 개구리" 대사 치잖아. 이거 위치를 소매 본 다음으로 옮기는 게 낫지 않을까? 안정감을 찾으려고 하는 대사니까.

[오전 3:24 나] 아

[오전 3:24 영완옹] 그거 타이밍좀주고 카메라 좀빼 보는사람이 주인공이랑 유리된느낌이 나야되는데 너무밭해 감정이고양됨

[오전 3:25 나] 어디요? 신호등 서 있을 때?

[오전 3:26 영완옹] 아니

[오전 3:26 영완옹] 9' 03"

[오전 3:26 나] 아

[오전 3:28 나] 아 그렇네요 이건 고쳐서 보여

드리겠음⋯⋯! ㅋㅋ

[오전 3:28 영완옹] ㅋㅋㅋ

[오전 3:29 영완옹] 하감독 화이팅

[오전 3:29 갓지수] 하연재 화이팅!!! ㅎㅎ

안녕, Yeonjae. 다시 만나서 반가워.

나랑 영화 만들 준비 됐어?

하와이 사과

어둠 속에서 '나의' 영화가 주인 없이 플레이되고 있었다. 여자 리드가 서브의 농담에 이마를 짚었다. 웃는 소리가 높아졌다 사그라들었다. 얼굴 위로 모니터 빛이 일렁였다. 애비가 한 컷이라도 실수해 구석에 박힌 오브제가 이질적이기를, 뒤에 선 조연의 표정이 느닷없이 일그러지길 바랐지만 그런 일은 일어나지 않았다. 애비의 영화에는 내가 염원하는 어색함이 없었다.

카메라가 버드뷰로 길게 빠지며 도로를 달려 나가는 자동차의 뒷모습을 오래 잡다가 영상은 뚝 끊겼다. 검은 화면에 내 얼굴이 비쳤다. 이것으로 열다섯번째 장편이다. 이런 허무를 느끼자고 다작하는 감독이 되길 갈망했던 건 아닌데. 모니터 위로 애비가 어떻느냐고 묻는 말이 떠올랐다. 나는 가만 그 질문을 쳐다보았다. 어떻냐고?

처음 애비를 사용하기 시작했을 때, 나는 결과물에서 조금이라도 다르게 표현해보고 싶은 숏은 골라내 다시 만들었다. 그 후 X가 '애비 에이프릴 스튜디오'('랩'이 아니다)를 신설했고 네임드 감독과 아티스트들이 옮겨 갔다. 그들이 개인 작업물 데이터를 애비 에이프릴 스튜디오에 제공했다. 그들이 애비를 가르쳤다. 그중에 한시정 감독이 있었다. 한시정 감독은 '자신의 세계를 모든 이에게 바친다'고 했지만 나는 당황했다. 한시정 감독의 영화가 나올 때마다 한 컷씩 따라 그렸던 스토리보드가 아직도 내 방에 있었다. 한시정 감독의 행보에 대해 또박또박 따지는 장문의 비난과 수호자들의 옹호 사이에서, 나는 한시정 감독이 내가 그린 모든 보드를 커다란 숟가락에 얹어 거인만 한 아기의 입에 먹여주는 모습을 상상했다. 한시정 감독이 우리 애비, 잘 먹네, 하면 애비라는 그 거대한 아기가 신이 나서 양 주먹을 흔드는 것이다.

애비의 결과물이 나쁘지 않은데 심지어 그것이 곧 내가 선택한 거장들의 결정이라는 생각을 떨칠 수 없어지자 애비의 신을 건드리는 게 객기로 느껴졌다. 애비가 크레디트에 감독으로 내 이름을 쓰는 게 비밀스러운 공모처럼 섬찟했다. 그렇다고 완전히 애비를 놓지도 못했다. 애비를 돌리기 위해 내가 초반에 넣은 인풋이 문제였다. 나의 애매한 개입 때문에, 시작점은 '나'라는 인간으로 같으면서도 애비와 내가 만들어낸 결과물은 다른 상황이 벌어졌고, 그럴 때 애비가 만든 것을 보면 내가 도달할 수 있는 최고점을 미리 보는 것 같았다. 그래서 직접 손으로 찍으면 뭐든 만족할 수가 없었다. 기어코 완성해놓으면 패배감이 들었다. 불행하게도 나는 보는 눈까지 없진 않았다.

내 얼굴은 아직도 검은 화면 위에서 어른거렸다. 애

하와이 사과

비의 질문이 사라지지 않은 채 둥둥 떠 있었다. 어떻냐고? 나는 대답했다. 썰물 같아. 몸 안에 있는 모든 게 발끝을 향해 쏟아지고 밀려가는 것 같아. 애비의 종료 버튼을 눌렀다. 머리에서 명치로, 창자에서 발바닥으로, 포만감 같은 덩어리가 쓸려 내려가며 귀가 먹먹해졌다. 하강의 감각이었다. 더이상 아무것도 만들고 싶지 않다는 걸 깨달았다. 지수를 잃고 영완 선배를 잃었을 때도 두 발 딛고 서 있었는데, 둘 모두를 잃은 공백을 다 합쳐도 영화를 만들고 싶은 마음이 사라진 상실에 못 미쳤다.

사무실을 이사할 때 집에 옮겨두었던 장비들 중 내 것은 미련 없이 버렸다. 진창에서 빠져나가기 위해 몸의 무게를 덜고 싶었다. 문제는 영완 선배의 카메라였다. 카메라는 신발장 앞 분리수거 상자에 들어갔다 나오기를 반복했다. 결국 영완 선배에게 돌려주기로 했다. 영완 선배가 그립을 한 자리에 손 모양대로 코팅이 벗겨져 있었다. 손자국을 못 봤다면 버렸을 것이다.

영완 선배의 프로덕션은 서울역 인근 자동차 정비소가 줄지은 거리에 있었다. 알려준 주소로 가니 1층에는 부품 도매점이 있고 그 옆으로 문이 있었다. 약간 틈을 두고 내려와 있는 셔터 아래로 허리를 굽혀 들어갔다. 계단을 올라 꼭대기 3층에 가니 초록색 바닥의 옥상이 나왔다. 오른쪽에 있는 문부터 난간 벽까지 천막이 쳐져 있었다. 그 아래 놓인 몇 개의 의자 가운데에는 종이컵이 있고 안에 꽁초가 들어 있었다. 문에 셰어 작업실 이름이 적힌 스티커가 붙어 있었다. 문을 몇 번 두드리자 머리를 짧게 깎고 검은 옷을 입은 남자가 나왔다.

내가 말했다.

"저, 고영완 님을 찾아왔는데요."

"누구요?"

나는 머뭇거렸다. "그, 영화 하시는……"

"아." 남자는 좁혔던 미간을 풀었다. "근데 그게 영화였던가." 남자가 중얼거리더니 따라오라는 듯 작업실 안으로 들어갔다.

작업실에 들어서니 미로같이 좁은 길이 나왔다. 천장에서부터 얇은 천 커튼들이 내려와 그 사이로 길을 만들고 있었다. 현관문 옆에 놓인 미니 냉장고에 "최대 보관 3일/다른 작업자를 배려해주세요"라고 씌어진 안내문이 붙어 있었다. 방이라고 해야 할지 구역이라고 해야 할지, 각 작업실은 이렇다 할 형태도 없이 대충 크기만 정한 뒤 천으로 구분한 듯했다. 사방이 커튼으로 막혀 있으니 어디 서 있는지도 종잡을 수가 없

하와이 사과

었다. 들리는 건 3층 아래에 있는 차 소리뿐, 적막에 가깝도록 조용했다. 남자의 뒤를 따라가면서 열린 커튼 틈 사이를 보았다. 안을 들여다보고 싶은 충동을 참지 못하게 만드는 틈이었다. 어느 작업실은 피규어가 빽빽한 책상 가운데 태블릿이 놓여 있었고, 어느 작업실은 비닐을 넓게 깐 바닥에 내 키만 한 캔버스가 물감을 흘리며 비스듬히 세워져 있었다. 남자가 멈춰 서더니 한 커튼 틈에 대고 고갯짓을 했다. 영완 선배의 작업실이라는 것 같았다. 나는 남자에게 인사를 했지만 남자는 대꾸 없이 돌아갔다.

나는 조용히 커튼을 걷었다. 영완 선배의 구역은 휑했다. 작업대와 소파뿐이었다. 성북동 사무실과는 달랐다. 그곳엔 나와 영완 선배의 잡동사니에, 지수가 두고 간 책들까지 여기저기 쌓여 있었다. 그 위에 아슬아슬하게 올려두었던 나와 지수의 상패가 저녁이 되면 바닥에 타워 같은 그림자를 만들곤 했다. 언젠가 의자에서 자다 눈을 떴는데 영완 선배가 그림자를 가만 바라보고 있던 게 떠올랐다.

영완 선배는 두 개의 모니터에 편집 프로그램을 띄워놓고 작업 중이었다. 덕분에 화면은 적나라하게 보였다. 나체의 여성이 이불보에 몸을 비비고 있었다. 뭘 바랐던 걸까. 동기가 틀렸기를?

176

영완 선배가 어디 있는지 묻기 위해 연락했던 동기에게서 들었다. 제대로 각 잡은 것도 아니라고. 야한 싸구려를 만든다고. 그 선배는 학교 다닐 때도 혼자 '쪼' 있는 걸 만든다고 상업 영화 하나라도 입소문 타면 굳이 찾아가서 봐놓고는 한다는 말이 '기성품'이지 않았냐고. 근데 결국 정착지는 자기가 욕하던 데라고. 「나무는 소리를 내지 않는다」의 영화제 수상 이후로 나와 영완 선배의 사이가 틀어진 것은 학교 사람들도 다 아는 얘기였고 동기는 영완 선배를 거칠게 깎아내리며 내 편을 들어주려는 것 같았다. 그러나 내가 아무리 영완 선배에게 서운하대도 선배에 대한 안 좋은 소리를 다른 사람의 입을 통해 듣는 것은 그것 나름대로 씁쓸한 부분이 있었다. 나는 착잡한 기분으로 대화를 마무리했다. 포르노인 것은 아무런 상관 없다. 그런데 영완 선배의 영화는 하나같이 건조하고, 푸르죽죽하고, 앙상하고 깡마른 나무가 많이 나왔다. 영완 선배 나름의 인장이 찍혀 있었다. 영완 선배의 영화에 매번 찍히는 그 인장을 깎을 때 나도 옆에 있었다. 헛웃음이 났다. 영화를 만들다 보면 조타를 돌리는 순간이 오기도 하지만, 적어도 영완 선배는 그러면 안 됐다. 나와의 우정을 희생했으니, 그러면 안 됐다.

"선배." 나는 작게 영완 선배를 불렀다. 헤드셋을 끼고 있는 영완 선배가 반응이 없어 나는 성큼성큼 다가가 의자를 건드렸다. 영완 선배가 깜짝 놀라 뒤돌아봤다. 나는 영완 선배에게 대뜸 카메라를 내밀었다.

영완 선배가 나와 카메라를 한참 번갈아 쳐다보다 말했다.

"이거 주려고 왔어?"

"버리려고 했는데, 예의가 아닌 거 같아서요."

"하, 참. 뭐라고 해야 하나……"

영완 선배가 카메라를 받아 들며 웃었다. 눈가에 삼지창 같은 주름이 졌다.

"너답다."

영완 선배가 카메라 전원 버튼을 딸깍거렸다. 봉숭아 물로 손톱이 붉었다. "안 켜져요." 나는 배영을 하듯 팔을 휘젓는 자세로 멈춘 모니터 속 여자를 보며 말했다. 그때 영화제에서 그 난리를 피워놓고 결국 선배가 하겠다는 영화는 집어치웠냐고, 미운 말만 신중하게 골라서 하고 싶었다.

영완 선배는 충전기를 꺼내 카메라에 연결하고 바닥에 내려놓았다. 여자를 보는 나를 알아채고는 어색하게 미소 지었다.

"애비 출시되고 내가 할 수 있는 게 이거밖에 없더라고. 여전히 사람들은 사람들이 실제로 하는 걸 보고 싶어 해. 애비로 만든 거 말고."

"볼래?" 영완 선배가 모니터를 가리키며 물었다. 같이 자기가 만든 포르노를 보자는 말인가? 대답을 못 하고 있는데 영완 선배가 영상을 앞으로 돌렸다. 나는 소파에 앉았다. 소파는 숨이 죽어서 밑바닥에 엉덩이 뼈가 닿아 계속 몸을 달싹거려야 했다.

영완 선배가 영상을 뒤로 돌리자 누워 있던 여자가 공간을 점프해 좁은 주택가 골목에 섰다.

"여기 어딘지 알겠어? 하나농원 있던 골목. 거긴데." 성북동 사무실을 오갈 때 눈여겨본 오르막길이라고 했다. 영완 선배는 옆방에 들릴까 소리를 죽이면서도 계속 말했다. 이때 눈에 살짝 힘을 줘달라고 했거든. 2층 창문 너머에 되게 그리운 사람이 있고 자기가 한 발만 내디디면 조우할 수 있다는 사실이 무섭기라도 한 것처럼. 그런데 원하는 느낌이 안 나오는 거야. 그래서 아예 표정을 지우고 응시해달라고 했어. 그리고 핸드 헬드를 넣었는데 맞는 선택이었던 거 같아. 맘에 들어. 여자 주인공이 목도리를 두르며 살포시 웃는 신에서도 영완 선배는 속삭였다. 이 신 때문에 겨울에 찍었어. 뒤에 있는 플라타너스가 이파리 하나 없이 말라붙어 있어야 해서. 푸석푸석하고 서늘해서 어떤 감정이든 조금만 올라와도 눈에 띄게 만들고 싶어서. 깍

하와이 사과

지를 끼고 있던 손에 힘이 들어갔다. 비디오 트랙 위에 놓인 바가 오른쪽으로 움직일수록 건조하고 푸르죽죽하고 앙상하게 마른 클립들이 툭, 툭 튀어나왔다. 어긋난 아귀가 맞춰지는 것 같았다. 무언가 등을 밀어 영완 선배에게서 비껴 있는 내 위치를 옮기고 있었다. 하지만 제자리로 돌아오는 움직임을 그대로 받아들일 수가 없어서 나는 내뱉었다. 원망에는 관성 같은 게 있어서 쉽게 떨칠 수 없었다.

"선배. 누가 포르노 볼 때 이런 걸 신경 써요. 정사 신만 보고 마는 거지."

"그런가." 영완 선배는 뚝 말을 끊었다. 그리고 멋쩍게 중얼거렸다. "그래도 넣어. 아무도 안 봐도 넣어. 내가 찍은 거니까. 이렇게라도 안 하면…… 영혼이 죽겠더라고."

영완 선배가 입술을 꾹 다물고 키보드의 화살표 키를 두드렸다. 영상이 황망하게 앞뒤를 오갔다. 그리고 나는 알아버렸다. 영완 선배는 버티고 있다. 사막에서 비를 기다리는 마음으로 버티고 있다. 지수와 과 방에 앉아 있는데 영완 선배가 혼자 뭘 찍었다며 시사실로 오라고 했던 날이 떠올랐다. 셋이 나란히 어둠 속에 앉아 영완 선배의 영화를 보았다. 한 신이 너무 괜찮아서 영완 선배에게 고개를 돌렸다가 우연히 봤다. 영완 선배의 따뜻한 갈색 눈동자와 그 위에 비치던 건조하고, 푸르죽죽하고, 앙상하고 깡마른 나무들. 내가 쳐다보는 줄도 모르던 선배의 옆모습. 그때와 같은 눈동자, 같은 옆모습.

애비가 나왔고 파도가 쳤지만 영완 선배에게 조타의 순간은 없었다. 영완 선배는 그대로 있고자 했다. 영화를 만든다는 것 외의 정체성이 마련되어 있지 않은 인간은 그저 어떻게든 자신을 지키려고 했을 뿐이다.

"제 영혼도 죽을지 몰라요."

영완 선배가 나를 바라봤다. 오래 바라보고는, 사라질 듯한 미소를 지었다. 우리는 우리가 유감이었다. 영완 선배는 마지막 숨을 뽑아내듯 나지막이 한숨을 내쉬었다.

영완 선배는 의자를 돌려 서랍을 열었다. 그 안에서 조그만 지퍼 백 하나를 꺼냈다.

"손 좀 줘볼래."

내가 오른손을 펴서 내밀자 영완 선배는 손바닥 위에서 지퍼 백을 거꾸로 들고 털었다. 손바닥 위로 뭔가 떨어졌다. 불그스름하고 동글동글한, 무당벌레만 한 알약이었다.

"이게 뭐예요?"

"하와이 사과."

영완 선배가 봉숭아 물 든 손가락으로 지퍼 백을 접었다.

"먹으면, 만들고 싶어질 거야. 입맛이 도는 것처럼 창작욕이 올라올 거야. 애비가 찍은 걸 보고 네 눈으로 애비가 더 낫다는 걸 확인해도 말이야. 아무리 머리를 굴려도, 애비가 있는 한 내가 선 땅은 빙하처럼 녹고 녹다가 가라앉는 것밖에 떠오르지 않아도 너는 그 절망을 모를 거야. 세상이 바뀌어도 너는 언제나 만드는 인간일 거야. 스스로 기억하는 한 언제나 영화를 찍고 있을 거야."

하와이 사과는 무게도 느껴지지 않을 정도로 작고 가벼웠다. 발치에서 충전기에 연결해둔 카메라가 노란빛을 반짝였다.

아홉 살 때였다. 다른 친구들은 어떻게 그 큰 덩어리를 꿀떡꿀떡 잘도 삼키는지 또래들 중에 알약을 못 먹는 건 나 하나뿐이었다. 처방전을 들고 약국에 갈 때면 엄마가 우리 애는 아직 알약을 못 먹으니 가루약으로 달라고 부탁하는 것이 그렇게 민망했다. 언니와 같이 감기가 걸려도 언니는 알약을 한입에 먹고 자리를 뜨는 것을, 나는 쓴 내 풀풀 나는 가루약을 숟가락에 쏟아붓고, 그 위에 물을 아슬아슬하게 한 모금 담아 젓가락으로 저은 뒤 그 혼합물의 쓰고 지독한 맛을 혀로 일일이 다 느끼면서 겨우 삼켰다. 굴욕감이며 맛이며 가루약 먹는 것이 끔찍이 싫어져서 밥을 먹을 때마다 밥알 하나를 씹지 않고 목구멍으로 넘기는 연습을 했다. 그리고 밥알 삼키기가 익숙해질 때쯤 식탁에 놓인 약통들을 뒤져 적당히 작아 보이는 알약을 하나 꺼내 물과 함께 꿀꺽 삼켰다.

한 시간도 지나지 않아 나는 위가 뒤엉키는 고통을 느끼며 구역질을 해댔다. 빈속을 갈퀴로 득득 긁는 것 같았다. 찐득이는 노란 위액이 흘러나왔다. 변기를 잡은 손과 맨발이 떨리고 울지도 않았는데 눈물이 뚝뚝 떨어졌다. 집에는 나 혼자였다. 나는 한참 외롭게 토를 하다가 위경련이 딸꾹질처럼 가라앉았을 때에야 가까스로 드러누웠다. 학원에서 돌아온 언니가 화장실 문가에 절반쯤 몸을 걸친 채 쓰러진 나를 보고 소리를 질렀다. 응급실에 실려 가 수액을 맞는 내게 앞머리가 땀에 들러붙은 엄마는 약 함부로 먹는 거 아니라며 다시는 의사가 주지 않은 약은 먹지 말라고 이를 꽉 깨물었다. 난생처음 보는 엄마의 겁에 질린 얼굴이 너무나 무시무시하고 불쌍해서 알겠다고 머리를 주억거렸다. 숨을 쉴 때마다 심장께가 아팠다.

길이 안 끝난다. 주먹을 꽉 쥐었다. 녹을지도 모른

　　　　　　　　　　　　　　하와이 사과

다. 누가 손바닥을 보여달라고 하면 어떡하지? 고민할
틈도 없을 때는 삼켜야 하나? *버릴까?* 비밀번호가 다
섯 자리밖에 안 되는데 자꾸 틀린다. 내가 번호를 바꿨
던가? 도어 록이 안 열리면 어떡하지? 아니, 열리면 어
떡하지? 문턱을 넘게 되면, 그땐 어떻게 되는 것인가.
도어 록 경보음에 머리가 깨질 것 같다. 안 먹으면 그
만인데 떨며 버리면 그만인데 왜 안절부절못하는 건
가. 혹시 사과 모양이었으면 냅다 한입 깨물었을까?
알약을 쥔 왼손가락 관절들이 욱신거리는 것을 느끼
며 다시 비밀번호를 누른다. 문이 열리고, 뒤꿈치를 밟
아 신발을 벗는다. 침대에 걸터앉아 하와이 사과를 손
위에 놓고 셈한다. 막 웃고 싶고 막 울고 싶다. 내가 지
금 정체도 모르는 약을 주워 먹는 아홉 살짜리랑 대단
히 다른가? 뭐가 무서워서 못 먹는 건가? 정신이 이상
해질까 봐? 사람도 못 알아보고, 서서 자고, 말 되지 않
는 소리만 지껄이게 될까 봐?

　아, 아아. 아니지. 이렇게 벌벌거리면서 삼켰는데도,
나는 준비가 다 됐는데도, 아무 일도 일어나지 않는 게
무서운 거지.

　빛도 없는데 하와이 사과의 표면이 반질거렸다. 하
와이 사과를 혀뿌리 깊숙이 밀어 넣었다. 물 한 모금과
함께 목 뒤로 넘겼다.

빛 속에서 하얀 먼지가 둥둥 부유하는 것이 보였다. 나는 팔을 긁었다. 팔을 들어 햇빛에 비추었다. 빈틈없이 새빨갰다. 살갗을 만지니 거칠었다. 오른손 엄지 손톱이 붉어지기 시작했을 때 나는 놀라지 않았다. 영완 선배의 다홍빛 손톱을 봤으니까.

손끝에서부터 빨간 피부가 퍼져 나갔다. 내 원래 살을 밀어내고 밀어내며 올라왔다. 이건 일종의 잠식이로군. 나는 생각했다. 내가 점점 빨개지자 아르바이트를 하던 촬영장에서 더이상 나오지 않아도 된다고 했다. 정수리가 간지러워 박박 긁었다. 붉은 머리카락들이 바닥에 떨어졌다. 혹은 추방이로군. 나는 또 생각했다. 하와이 사과. 하와이. 하와이. 하와의. 하와이.

삭삭삭삭. 다리가 떨리며 나가라는 신호음을 냈다. 몸을 일으켰다. 옷장을 열어 내가 가진 옷 중에 가장 가볍고 하늘거리는 옷을 골랐다. 카메라를 들었다. 문을 열자 매미 우는 소리가 들이닥쳤다. 얇게 찢고 찢어 흩날린 날개 구름이 떠 있었다. 햇빛이 거침없이 내리쬐었다. 거리를 걸었다. 횡단보도에서 멈췄다. 직진하면 극장이었다. 여자와 남자가 신호를 기다리며 서 있었다. 하와이. 하와이. 하와의. 하와의. 하와이. 하와의. 하와이, 하와. 하와의. 하와의.

하와이 사과

"이렇게 시작하는 얘기 어떤가요?"

내가 물었다.

"어느 날 갑자기 하와가 아담한테 말하는 거예요. 아담, 아담, 들어봐. 나 갑자기 생각났어. 나, 영화를 만들 거야. 그럼 아담이 물어봐요. 영화? 그게 뭔데? 그럼 하와가 이렇게 손가락을 들어서, 네모를 만들어요. 그리고 아담에게 가져다 대요. 그리고 말해요. 이렇게, 너를 이 네모 가운데에 두는 거야. 그 뒤로는 에덴의 녹음이 보이는 거야. 내가 네 이야기를 만드는 거야. 그리고 손가락 네모를 아담의 눈에 더 가까이 가져다 대고 말해요. 이제 네 눈으로 네모를 들여다보면, 그때부턴 네가 내 이야기를 만드는 거야. 이렇게 손가락을 올리는 것만으로도 세상이 완성되는 거야. 그게 영화야. 그럼 아담이 말해요. 그래서 뭐 어떻다고? 그럼 하와가 말해요. 그러니까, 나 영화를 하고 싶다고. 아담이 또, 하고 싶다니, 그게 뭔데? 물으면, 하와가, 생각하다가, 곰곰이 생각하다가 말해요. 우리, 그 열매를 볼 때 들었던 마음. 열매의 껍질을 손끝으로 만지고 싶다. 가지에서 딸 때 똑 소리가 나는지 딱 소리가 나는지 듣고 싶다. 과육을 어금니 위에 두고 터뜨리고 씹고 싶다. 손을 타고 흐르는 과즙의 단내를 맡고 싶다. 입술에 남은 과즙을 핥으며 에덴 아닌 에덴을 보고 싶다.

186

볼 수 있는 것을 보고 싶다. 결국에는 그 열매를 따서, 결국에는 손에 들고, 그때도 아직 버릴 수 있는데, 늦지 않았는데, 한입 베어 물지 않고는 견딜 수 없던 마음. 그거야."

나는 팔을 긁었다. 남자가 여자의 옷깃을 잡아끌었다. 횡단보도 불이 바뀌고 여자와 남자가 앞질러 걸어갔다. 나는 목 뒤로 팔을 넣어 머리카락을 펄럭였다. 옆 건물 어두운 유리창에 내 모습이 비쳤다. 빨간 페인트에 빠졌다 나온 듯 시뻘건 피부 위에서 하얀 선드레스가 너풀거렸다.

나는 뷰파인더에 눈을 가져다 댔다. 길을 건넌 여자가 프레임 안으로 들어온다. 길고 검은 머리카락이 흩날린다. 여자가 멈춘다. 나를 돌아본다.

좋아요. 사연이 생각나요. 당신을 영화로 만들 거예요.

인
터
뷰

이연지×소유정

소유정 안녕하세요. 이번 〈소설 보다〉 선정작인, 「하와이 사과」는 민음사—서울대 '라이터스쿨'을 수강하며 완성된 작품이라고 알고 있어요. 저를 비롯해 모든 독자분께는 이 작품이 이연지 작가의 소설에 대한 첫인상일 텐데요. 속도감 있고 거친면도 있지만 그만큼 매력적인 작품이 아니었나 싶습니다. 〈소설 보다〉를 통해 첫 발표작을 더 많은 분께 알릴 수 있어서 기쁨과 두근거리는 마음이 클 것 같아요. 간단한 선정 소감과 함께 〈소설 보다〉 독자분들께 인사의 말씀 부탁드립니다.

이연지 안녕하세요, 독자 여러분. 「하와이 사과」를 쓴 이연지라고 합니다. 처음 발표하는 소설을 〈소설 보다〉에 실을 수 있게 되다니요. 달력에 별표를 쳐두고 기억하고 싶은 날입니다. 더 많은 분이 글을 봐주신다는 것은 언제나 하염없이 기쁜 일이네요. 굉장히 설렙니다.

소유정 이연지 작가는 원래 영상을 전공하셨지요. 단편 애니메이션 「불면증 소년」으로 제7회 SF어워드 대상을 수상하기도 하셨고요. 아무래도 직접 연출을 하다 보니 쓰기의 영역도 관심이 생기지 않

인터뷰 이연지 × 소유정

앉을까 싶어요. 소설 쓰기를 시작하게 된 계기가 있다면 무엇인가요?

이연지 본격적으로 글을 써야겠다고 생각한 건 대학생 때였어요. 대학에서 영상과 함께 철학을 전공했는데, 그때 흥미로운 텍스트들을 많이 접하면서 글에 빠져들기 시작했던 것 같아요. 신입생 때는 수업은 나가지 않고 학교 도서관에서 죽치고 소설과 시를 읽었는데 그 시간도 큰 영향을 준 것 같아요.

소유정 「하와이 사과」는 감독인 '나(연재)'와 '영완', 그리고 시나리오 작가인 '지수' 세 인물을 중심으로 전개되는 이야기인데요. 같은 꿈을 가지고 열정을 나누었던 이들이지만, 여러 이해관계 안에서 결국 차이를 좁힐 수 없게 됩니다. 맨 처음 세 사람의 갈등의 중심이 되었던 건 시나리오 AI인 '포포'의 등장이었어요. 사람보다 더 탁월한 능력을 보여주는 포포로 인해 할 일을 잃은 지수에게 연재는 이렇게 말합니다. "직업의 소실은 존재의 소실과는 다르니까. 작가라는 직업이 없어져도 너라는 인간이 없어지는 건 아니니까." 지수를 위하는 말인 것처럼 보이지만 참 위선적이라는 생각을 지울 수 없었어요. 특히나 인공지능 기술의 발전으로 인해 대체될 수 있는 직업 중 하나로 작가가 상위권에 랭크되어 있는 현실에서 정말 '직업의 소실'과 '존재의 소실'을 분리해서 볼 수 있는가에 대한 물음을 저 자신에게도 던지게 되더라고요. 연재의 말에 대한 이연지 작가 개인의 생각을 좀더 들어보고 싶습니다.

이연지 어떤 일을 하는 게 너무 즐겁고 소중해서 그 일을 하지 않고는 살 수 없다면, 자신의 정체성에서 그 일을 제외할 수 없을 것 같아요. 예를 들어 제가 거의 매 끼니 먹을 정도로 초코아이스크림을 엄청나게 좋아한다면 그것을 빼놓고 저 이연지라는 사람을 논할 수 없는 거죠. 마찬가지로 예술을 하는 사람들, 그중에서도 자기가 하고 있는 예술과 창작 활동 그 자체를 너무나 사랑하는 사람은 그 일을 빼놓고는 결코 진정으로 존재한다고 할 수 없지 않을까요. 늘 뭔가가 결여된 상태일 테니까요. '그걸 못 한다고 해서 죽는 건 아니잖아?'라고 할 수도 있고, 그게 저 말을 했을 당시 연재의 생각이지만, 생명이 없어지는 건 아

인터뷰 이연지 × 소유정

니라도 나를 이루는 정체성의 소실, 즉, 존재의
소실일 수 있다고 생각해요. 직업을 진심으로 사
랑하고 있다면, 직업의 소실은 곧 존재의 소실과
같은 말이 아닐까 해요.

소유정 소설에서 시나리오 AI '포포'와 영화 제작 AI 프
로그램 '애비 에이프릴'의 등장으로 인한 사건들
은 최근 미국 작가 조합 파업을 떠올리게 했어
요. 아마 근미래에 이러한 일이 정말 발생할 수
있고 혹은 벌써 일어나고 있기 때문에 작가와 배
우 들이 강력하게 우려의 입장을 표한 것이겠지
요. 이와 반대로 혹자들은 AI의 창작 가능성을
인정하고 인간을 좀더 창의적인 방향으로 이끌
어줄 수 있도록 협업하여 활용해야 한다고 주장
하기도 하는데요. '포포'나 '애비 에이프릴'처럼
특정한 분야에 전문적인 기술을 보여주는 인공
지능의 등장에 대한 이연지 작가의 입장은 어떤
지 궁금해요. 집필과 연출을 둘 다 하는 입장에
서 어느 한쪽에 대한 생각은 다를 수도 있지 않
을까 싶습니다.

이연지 새로운 기술이 우리 사회에 등장할 때 논의는 주

로 그 기술에 따른 득실에 맞춰지곤 하는 것 같아요. 그런데 저는 우선 우리의 마음에 대해서 얘기해보고 싶어요. 그건 욕망에 관한 것이에요. AI가 등장했을 때 창작자에게 위협이 되는 시점은 바로 AI가 내놓은 소설이나 영화 같은 결과물이 인간의 것보다 높거나 그에 견줄 수준일 때 생길 것 같아요. 그때 창작을 사랑하는 인간들의 창작욕, 무엇을 만들어내고자 하는 욕망에는 어떤 변화가 찾아올까요. 저는 창작하고자 하는 욕구가 창작에 진지한 사람들에게 존재한다는 감각과 직결되는 것이라고 보고 있어서 이때 스스로를 무용하다고 느끼지 않고 욕망의 행방을 잘 관찰해야 한다고 생각해요. 두번째는 우리가 AI를 온전한 하나의 창작자로 받아들일 수 있느냐는 것이에요. 창작 AI가 도입되면 인간은 AI와 창작의 영역을 공유하게 될 것이고 어느 순간에는 AI를 창작하는 주체로서 인정해야 할 순간이 올지 몰라요. 창작자라는 개념을 어떻게 정의하는지에 대한 논의를 다시 하게 되겠죠. 이때 AI는 인간과 달리 창작하는 능력을 갖추었을 뿐 만들고자 하는 욕망을 가지고 있지 않아요. 창작을 위해서는 인간의 입력이 필수적이지요. 이렇게

인터뷰 이연지×소유정

욕망을 가지지 않는다는 점에서 온전하지 않다고 볼 수도 있고, 실질적으로는 창작을 한다는 점에서 인간의 행위와 다름이 없다고 볼 수도 있어요. 논의해볼 구석이 많은 정말 어려운 문제예요. 지금으로서는 공생이 가장 바람직해 보여요. 인간이 창작에 있어 AI를 활용해 개인의 한계를 돌파해가면 어떤 새로운 세계가 열릴지 모르고요. 욕망의 보존과 기술과의 공존이 가능하도록 발전의 속도나 정도를 조절하는 방법도 생각해볼 수 있을 것 같아요.

소유정 AI의 등장으로 영완 선배는 포르노 영화를 제작하게 되는데요. 누군가는 "야한 싸구려"나 만드는 신세가 되었다고 비난을 할지 모르지만 그것이 선배가 유일하게 '할 수 있는 일'이었다는 점에서 이상한 기분이 들었어요. 원하는 영화라면 애비가 다 만들어줄 수 있지만, "여전히 사람들은 사람들이 실제로 하는 걸 보고 싶어" 한다는 사실 또한 이 소설에서 흥미로운 지점 중 하나였어요. '살아 있는 영화'로 유일한 수요를 갖는 것이 포르노라는 건 굉장히 아이러니한 일이잖아요. 노출이나 정사 장면 등 모든 것이 연출된다는 점에서 이미 '실제'와는 거리가 먼, 한 겹의 필터를 거친 셈인데 애비가 있는 세상에서는 그것이 유일한 '실제'처럼 느껴진다는 점에서 씁쓸함을 지울 수 없었던 것 같아요. 우리에게도 충분히 있을 법한 일일 것만 같은, 머지않은 미래에 유효할 유일한 '실제'로서의 포르노에 대한 작가의 생각을 좀더 들어보고 싶어요.

이연지 만약 우리가 무엇을 상상하든 AI가 그 이상의 수준을 뽐내는 작품을 만들어내고 우리가 결코 그 작품의 퀄리티와 설득력을 인정하지 않을 수 없게 된다면 세상에는 AI를 활용한 작품들이 범람하고 그에 대한 대중의 수요도 커질지 몰라요. 어쩌면 AI로 만든 작품들이 대세가 될 수도 있고요. 하지만 한편으로는 그렇기 때문에 처음부터 끝까지 사람이 하는 창작 행위 자체가 숭고해질 거라는 생각이 들어요. 희귀하며, 가치가 있어지는 거죠. 그래서 포르노뿐만 아니라 반드시 '실제'는 존재할 것 같아요. 인간의 힘으로만 만든 작품이 주는 감동이 있을 테니까요. 지금도 컴퓨터 그래픽으로 만들 수 있는 신을 실제 촬영장에서 구현해내는 것처럼 '인간의 손맛(!)'은 명맥을 이어갈 테죠. AI를 활용하지 않은 소설과 미술이 나올 것이고, AI의 힘을 빌리지 않은 작품이 희귀한 시대에 우리는 거기서 또 다른 감동을 느낄 것 같아요.

소유정 포르노 영화지만 영완이 그 사이에 자신만의 "인장"으로 감정적인 신을 집어넣었던 건 존재를 증명하기 위함이었을 텐데요. 이에 비해 연재는 '존재의 소실' 앞에서 무엇으로도 자신을 증명할 수 없는 상태가 문제였던 것 같아요. 그러던 중 영완이 건네준 "하와이 사과"는 내면의 욕망을 끌어올릴 수 있는 일종의 각성제로 작용하지요. '하와의 사과'로 연결되는 이 약은 지수로 하여금 "한입 베어 물지 않고는 견딜 수 없던 마음"을 다시 이끌어내는 데 성공합니다. 이후의 지수는 어떤 모습일지가 궁금해졌어요.

이연지 연재는 이제 빨간 여자로 살아갈 테죠. 스스로 만든 작품이 이따금 그랬던 것처럼 마음에 들지 않아도 곧 더 잘 만들고 싶다는 마음으로 훌훌 떨어낼 거예요. '애비'에 열등감을 느끼지 않을 거예요. 카메라를 들고 푸티지를 찍고 있는 그 순간만큼은 더 바랄 수 없을 만큼 살아 있다고 느낄 것이고 편집을 하는 긴 시간 동안 고독 속에서 고민하는 괴로움을 사실은 사랑하겠죠. 연재는 하고 싶은 얘기는 영화로 잔뜩 하겠다는 창작욕과 근사한 것을 만들어내고 싶다는 욕심을 팔팔 태우는 열정적인 사람 그대로 살아갈 거예요. 남들이 보기에는 '정상'이 아니고, 징그럽다고 하고, 제정신이 아니라고 해도 연재는 괘념치 않을 거예요. 언젠가 다른 빨간 인간을 만날지 모르죠. 붉어진 영완 선배를 만날지도 모르고요. 그들은 서로를 이해할 거예요. 빨간 인간이라는 것이 AI 시대에서 존재감을 위해 스스로를 선 너머로 밀쳐버리는 예술가들의 상징이 될지도 몰라요. 위태롭더라도 그 속에서 연재는 살아갈 거예요…… 적어도 당분간은요.

소유정 만일 이연지 작가에게 한 알의 "하와이 사과"가 주어진다면, 그것의 힘을 빌려 무엇이든 쓸 수 있게 된다면, 어떤 이야기를 쓰고 싶은가요?

이연지 '하와의 사과'의 힘은 창작욕을 거세게 북돋아주는 것이기 때문에 제가 끊임없이 쓰도록 자리에 앉혀준다는 점에서 무척 소중할 것 같네요. 쓰고 싶은 이야기는 너무 많고 또 그때그때 다른데, 지금은 가상 혹은 환상적인 세계에 현실을 들여놓고 빗대는 소설을 많이 많이 쓰고 싶어요. 「하와이 사과」같은 STS SF 소설을 더 써보고 싶기도 하고요. 하와이 사과를 먹은 제가 혈안이 되어 세상 이곳저곳을 세심히 관찰하고, 하와이 사과의 광기 어린 힘이 아니었다면 보지 못하고 지나갔을 작은 것, 그러나 중요한 것을 포착하고 이야기로 풀어내고 싶어요.

소유정 첫 발표작으로 강렬한 소설을 만나게 되어 차기작이 무척 기대돼요. 작업 중인 소설이 있다면, 어떤 이야기인지 살짝 소개해주실 수 있을까요?

이연지 온몸이 바닥으로 녹아내리는 한 남자에 대한 이야기예요. 중력이 이 남자만 더 세게 아래로 끌어당기고 있는 것 같죠. 자신의 흘러내리는 몸을 감당하기 힘들어진 남자는 인간 육신에 일어나는 특이한 증상을 고치는 '닥터'를 찾아가요. 그리고 닥터의 병실에서 저마다 설명할 수 없는 기이한 증상을 가진 사람들을 만나죠. 사람들이 내

면에 가진 울적함, 강박적 성향, 침투적 사고, 괴
로움을 시각화해서 표현하고 그런 사람들이 살
아가는 모습을 그려보려고 해요. 부디 많이 지켜
봐주세요.

인터뷰 이연지 × 소유정

수록 작품 발표 지면

럭키 클로버 〈비유〉 2023년 11월호
밤의 반만이라도 〈문장웹진〉 2023년 12월호
하와이 사과 『릿터』 2023년 12월/2024년 1월호